ブリット-マリは ただいま幸せ

Britt-Mari lättar sitt hjärta

アストリッド・リンドグレーン 作／石井登志子 訳

母さんが、わたしに古いタイプライターをゆずってくれたのが、事《こと》の始まりでした。大きくて、不格好で、がたがたで、タイプの修理屋さんでもひと目見ただけで、恐れをなして逃《に》げ出したくなるようなしろものです。それほどおんぼろってわけ。タイプのキーをたたくと、とんでもない音がします。弟のスバンテなんて、それを聞いてこんなふうにいいました。

「ブリットーマリ、石油コンロ（一九四〇年代当時、夏のキャンプや別荘などで使われていた携帯用コンロ）って、ヒュウヒュウうるさい音がするだろ。あれがぴたっとやんだらどんなにほっとするか、考えたことあるかい？」

「それ、どういうことよ？」わたしは聞き返しました。

「その十倍ぐらいほっとするんだ。ブリットーマリが、脱穀機《だっこくき》みたいな音たてて、タイプのキーを打つのをやめてくれるたびにさ」と、スバンテはひやかすように、タイプライターをあごで指しながらいいました。

スバンテは、やっかんでいるだけなのです。ほんとはこのタイプライターをすごくほしがっていたから。でも、タイプを打ちたいというわけではなく、ばらばらに分解してから、もう一度組み立ててみたいだけです。腕前《うでまえ》を発揮《はっき》して、ねじをいくつもあまらせてみたいんでしょうよ。だけど母さんは、ブリットーマリがタイプの練習をするといいわ、といって、わたしにくれたのです。そんなわけで、わたしはタイプが手に入って、うれしくてたまりません。

けれども、何かものを手に入れるというのは、とても不思議なことです。もののほうが、持ち主にあれをしろ、これをしろとせっつきはじめるのですから。雌牛《めうし》を飼えばミルクをしぼらなくてはならないし、ピアノを持てば弾《ひ》かなくてはならないし、タイプライターを持ったら、実際《じっさい》にキーをたたいて何か書かなくてはならない、という気がしてくるのです。

もちろん最初の数日間は、やみくもに打ちまくりましたが、たわいないことばかりで、まともなことはなんにも書けませんでした。やがて、わたしは悟《さと》りました。タイプ用紙いっぱいに、こんなことばかり打ってるなんて、とんでもない紙の無駄《むだ》づかいじゃない？　って。

ブリットーマリ・ハーグストレム、　住所…スモースタッド、樫《かし》の木荘《きそう》。
ブリットーマリ・ハーグストレム、　一九二八年七月十五日生まれ。

次には、わたしの姉弟たち全員の名前。

マイケン・ハーグストレム、
スバンテ・ハーグストレム、
イェルケル・ハーグストレム、
モニカ・ハーグストレム。

その下にもう一度、いろんな書き方で、わたしの名前。

ブリット‐マリ・ハーグストレム、
ぶりっと‐まり・はーぐすとれむ、
ブりっと‐まり・ハーぐすとれむ。

その下に、わたしが目を離《はな》したすきに、スバンテがこう書いてしまいました。

ブリツト‐マリ、ブリツト‐マリと、何度もしつこいぞ。
たまにはアマンダ・フインクビストとか、ちがう名前を書いてくれよ。

たしかにスバンテのいうとおりかもしれませんが、わたしはそんなこと、認《みと》めるつもりはありません。そこでその下に、こう書いてやりました。

通告！　わたしのタイプライターなんだから、書きたいことを書きます！
忠告！　それに、ひとの部屋に黙《だま》って入って、勝手なことをしないでちょうだい！

しばらくして机に戻《もど》ってみると、次の行にはこう書いてありました。

わかった。かってなことは、もうしないから、ご暗心のほどを！
（わたしのかわいい弟ったら、綴《つづ》りをまちがえています！）

そこでわたしはご暗心して、好きなように書くことにしました。次の日の朝早く、新しい紙をセットし、四行詩を書きはじめました。一人よがりな詩かもしれないけど、ものすごく美しく書けたのです。次のような詩です。

　あまたの　星のもと　さまよい歩き、
　つきせぬ　思いにふける　わたし……。

でも、前半の二行を書いたあと、学校へ飛んでいかなくてはなりませんでした。
昼休みに帰ってきてみると、スバンテが詩の続きを書いてしまっていました。

　あまたの　星のもと　さまよい歩き、
　つきせぬ　思いにふける　わたし……。
　そしたら　足が　えらく　疲《つか》れちやったよ、
　ぶらぶら　うろうろ　歩きまわるうちに。

その下にスバンテは、さらに次のように、ずけずけと書き加えていました。

　あまり　つきせぬ　思いなんかに　ふけるなよ！　頭が　おかしくなるぜ！

こんなわけで、わたしは、タイプライターってもっとましな使い方があるんじゃないかしら、と思いはじめました。だけど、ましな使い方ってどんなの？　宿題の作文には、タイプを使っちゃいけないことになっているし、タイプライターは紙を一枚《まい》ずつセットしなくちゃならないから、日記帳みたいな、綴《と》じてあるものには書けません。それに、日記を書くのは好きじゃないし。こっちが気持ちをうちあけても返事もしてくれないただの紙に、心のうちを書くなんて、いったいなんの意味があるのかしら？　わたしは、生きてる人と話しているって感じられる、手紙のほうが好きなのです。

ずっと、心をうちあけられるペンフレンドがいたら、と夢見ていました。わたしが話すことを我慢強《がまんづよ》く聞いてくれて、もちろん返事もくれる、まだわたしの知らない人。学校の友だちはほとんどみんなペンフレンドがいて、中には、外国にペンフレンドがいる人もいるのです。

だいたい、わたしは手紙そのものが好きなのです。いろんな土地や、ちがう国の人々のあいだを行き来し、人々を結びつけて、いっそう親しくする手紙というもののことを考えるだけで、楽しくなります。

だからこの前教室で、クラスの子が、「だれか、ストックホルムに住んでいる、カイサ・フルティンという女の子に手紙を書きたい人、いない？」と叫《さけ》んだとき、わたしはブレン教会の戦いでのグスタフ・バーサのように（ブレン教会はスウェーデンの首都ストックホルムにある。ここで一五一八年にデンマークとの戦いがあった。グスタフ・バーサはのちのスウェーデン王グスタフ一世）、大《おお》股《また》で駆《か》けよっていいました。

「いるわ、わたしよ！」

で、学校が終わるとすぐに、走って家に帰り、タイプライターの前に座りました。そして、書きはじめました……。

スモースタッド町にて　　九月一日

親愛なる、まだ見ぬペンフレンドさま！

もちろん、わたしを気に入ってくだされば、ですけど！　ペンフレンドとして、という意味です。あなたも、わたしに手紙を書きたいと思ってくださいますように。

わたしのクラスでは、ペンフレンドが一人もいないなんて、どうやら普通《ふつう》じゃないみたいなのです。クラスの女の子にはみんな、一人かもっとたくさん、大事なペンフレンドがいるのに、わたしだけ、今まで一人もいなかったのです。

だから、地理の授業の前に、マリアン・ウッデンという子がいすの上に立ちあがって、大声で、だれかあなたに手紙を書かないかとたずねたとき、わたしがジャングルから獲物《えもの》をねらって走り出すトラのように、マリアンに駆《か》けよったのも、わかっていただけると思います。マリアンは、自分のペンフレンドの一人があなたの名前と住所を知らせてきたのだ、といいました。

そういうわけで、はじめてお手紙を書いています！

さて、まず、自己紹介《じこしょうかい》をしましょう。わたしは、ブリットｰマリ・ハーグストレム、十五歳《さい》。スモースタッド町の女学校の六年生です（一九四〇年代のスウェーデンでは、七歳で国民学校に入学し、三年学んだのち、女子の一部は女学校へ進んだ）。

外見はというと……女の子は、まず自分がどう見えるか気にするものだと、弟のスバンテはいっていますが、たしかにそのとおりです。そうね、わたしは不吉《ふきっ》なほど美しくて、漆黒《しっこく》の髪《かみ》、深く輝《かがや》く瞳《ひとみ》、モモのような肌《はだ》をした美少女。ほかに何かお聞きになりたいことがございましてなんて、信じちゃった？　今のは、わたしが毎晩ベッドで、こうだったらすてきなのにと、勝手に想像している容姿なんです。残念なことに、現実はそんなにすばらしいものではありません。どうか、がっかりしないでね。

　はっきりいって、わたしの容姿はしごく平凡《へいぼん》です。ありきたりのブルーの目に、よくある金髪《きんぱつ》、それにごく普通《ふつう》の小さな鼻。自分で見るかぎり、とりたてて目立つようなところはありません。ただ、そのことはそんなに嘆《なげ》く必要はないのでしょう。目立つのがいいとはかぎりませんからね。目立つのが、鼻の上にくっついているとてつもなく大きなこぶだとか、特別ひどいがに股《また》だなんてことも、ありえますからね。

　それから、わたしの家族は……でも、これは次回お話しすることにします。あなたが本当にわたしと文通したいかどうかまだわからないのに、あまりべらべらおしゃべりをしても、かえって悪いかもしれませんから。つまり、お返事待ってますってこと！　すっごく期待しています。

　わたしが猛烈《もうれつ》に書きたくてむずむずしているのが、もうおわかりでしょう。ちょうど、母さんが新しいタイプライターを買って、古いのをわたしにゆずってくれたのです。おもしろい手紙を山ほど書いて、あなたをあっぷあっぷさせてしまうかも。

ストックホルムに住む人と文通するのは、きっと楽しいだろうな。大都会のざわめきが、あなたの手紙から伝わってくるといいな、と思っています。わたしの住んでいるような小さな町には、ざわめきなんてものはなく、せいぜい、さらさら小川の音がする程度です。でも、あなたがそちらのざわめきを聞かせてくれたら、わたしは何枚だってさらさらと書きますから。これはお約束します。

ではまた。親愛なるカイサさま、お返事待っています！

ブリットーマリ

九月八日

ばんざーい！　カイサ、あなたも文通したいんですって？　あまりうれしくて、指がタイプのキーからずり落ちそう。

あんなに長くて、楽しいお手紙を書いてくれて、ありがとう。おかげで、カイサのことやお姉さんたち、それにお父さんやお母さんのことも、かなりよくわかりました。

わたしの家族のことも、聞きたいかしら？　家族の数が多いし、相当変わり者ぞろいなので、全員を紹介《しょうかい》しようとすると、だいぶ長くなると思います。読むのに疲《つか》れたら、大声で叫《さけ》んでちょうだい！

じゃあ、まず、一家の長から始めます。

父さんは、この町の男子高等学校の校長です。わたしは父さんが大好き。この世で一番すばらしいお父さんだと思います。ええ、絶対《ぜったい》にね！　そんなに年寄りでもないのに銀色の髪《かみ》をしていますが、顔は若々しいの。落ち着いていて、ユーモアがあります。ほとんどいつも、自分の部屋で机にむかって本を読んでいます。父さんはなんでも知っている、とわたしは思っています。

もちろん、父さんはわたしたち子どものことを、とても愛してくれています。苦手なものは、羊肉のステーキです。ええ、そりゃあ、これはほめたことじゃないと思いますが、とにかく父さんは羊肉が苦手なんです。それに父さんは、嘘《うそ》、うわさ話、コーヒーパーティ（他人の悪口のいいあいになることがあるからです）も、好きじゃありません。

それから、父さんほどぼんやりしている人は、あまりいません。同じぐらいぼんやりしているのは、母さんぐらいのものです。こんな両親の子どもですから、わたしたち姉弟が、生まれてすぐにぼんやりの王さまにならなかったのは不思議なくらいですが、ありがたいことに、その点はみんな普通《ふつう》のようです。

母さんもほとんど一日じゅう、自分の部屋で机にむかって、指から火を吹《ふ》きそうなくらいタイプを打っています。母さんは本の翻訳《ほんやく》をしているのです。でもときどきは、五人の子どもを世に送り出したということを思い出すらしく、母性愛でいっぱいになって部屋から飛び出してくると、あっちでがみがみ、こっちでがみがみいいはじめます。

けれども母さんは、およそなんでも、普通《ふつう》なら笑えないことまで笑ってしまう人なので、絶対《ぜったい》に厳《きび》しくはなれません。仕事中に子どもたちが入っていって邪魔《じゃま》をしても、母さんはちっともいらいらしたりしません。もし突然《とつぜん》部屋の中を汽車が走り抜《ぬ》けても、母さんなら全然気がつかないかも。

ついこの前も、水道工事の人が二人、浴室の修理に来て、ボゴッボゴッバカーンと、どろどろの地面を爆破《ばくは》してるみたいなすごい音をたてているあいだ、お手伝いのアリーダは掃除機《そうじき》をかけ続け、妹のチビは声をかぎりにわめき続け、スバンテはアコーディオンで、『アーベスタ急流のざわめき』という曲をしつこく弾《ひ》き続けていました。

そこで、姉のマイケンが母さんの部屋に顔をつっこんで、こんな騒《さわ》ぎの中で仕事なんかできるの、と聞いたんですって。

「もちろんできるわよ」と、母さんはとろけそうな笑顔《えがお》でいったそうです。「あんな大道オルガン弾《ひ》きの音楽ぐらい、ちっとも邪魔《じゃま》にならないわ」

母親がこんなだと、きっと家の中はちらかっていてめちゃめちゃのはずだ、と思うでしょう。でも、それはまちがい。この家には、きちんと片づける手と監視《かんし》の目が行きとどいています。このふたつの貴重な役割をはたしているのは、姉のマイケンです。

マイケンはまだ十九歳《さい》なのに、そうぞうしい家族の面倒《めんどう》を見、しきっています。母さんもふくめて家族全員を、大らかにまとめてくれているところは、マイケンのほうが母親みたい。とても落ち着いているうえに賢《かしこ》くて、きっぱりしていて、なんでもできるので、家族の者はみんな、少なくとも毎日の暮《く》らしに関しては、すぐにマイケンの意見にしたがってしまうのです。

一番年上の娘《むすめ》というのは、どこの家でもきっと、こんなふうなんでしょうね。特に、のんきな母親がタイプにむかってばかりで、何事も笑いとばすとなるとね。

マイケンがまだ学校に行っていたころは、母さんも、そんなに翻訳《ほんやく》の仕事をする時間はありませんでした。そのころは母さんだって、自分で主婦の仕事をしなくてはならなかったのですが……しょっちゅう、いい気分で何か始めては、へまをして、ひどくしょんぼりしていました。といっても、しょんぼりするのは一瞬《いっしゅん》だけで、すぐに、黒こげになったステーキやうまくふくらまなかったケーキを前に、楽しそうに笑いだしていました。

マイケンは十歳《さい》のころから母さんに、あれをしなくちゃ、これはしたの、と家の中の仕事を思い出させていたそうです。そして女学校の八年生を終えると、きわめて自然に家に入って主婦になり、母さんの役目を引きうけることになったのです。母さんは喜んで、歌いながらタイプの前へ、ということです。

そういうわけで、さっきも書いたように、マイケンはわが家の中心です。でももちろん、かわいい女の子でもあります。あまりにもかわいいので、マイケンを追いかけている若者が、それはたくさんいます。そのうちのだれかが、このかけがえのないわが家の宝物を奪《うば》っていってしまうのでは、とわたしたちはたえずびくびくしています。目下の敵は、マイケンにやたらとまとわりつきだした、地方裁判所の司法官候補の男です。

「マイケンにまた新しい男ができたのか」スバンテがある日、朝食の席で、心配そうに頭をふりながらいいました。「いったいいつ結婚式《けっこんしき》の鐘《かね》を鳴らして、『ええ、結婚《けっこん》します』っていうつもりだい、マイケン？」

けれどマイケンは落ち着いて、まったく知らんぷりをしていました。

「その人がマイケンを教会の祭壇《さいだん》に連れていく気なら、わたしの屍《しかばね》を乗りこえてもらうわ」と、わたしもいいました。「結婚《けっこん》するんなら、少なくとも海軍大将《たいしょう》か、伯爵《はくしゃく》じゃなくちゃ。そこいらの司法官候補なんか、だめよ」

するとようやくマイケンが口を開いて、ちょっぴり皮肉っぽくいいました。

「ご心配なく、あたしはだれとも結婚《けっこん》しませんから！　一生ここにいて、みんなの靴下《くつした》の穴をつくろったり、はなをかんであげたり、宿題を忘《わす》れないように注意したりしてあげるわ。さぞや、楽しい一生でしょうよ！」

これを聞いたわたしたちは、たちまちひどくうちのめされて、明日にでも、マイケンが結婚《けっこん》して出ていってほしい、という気持ちになりました。たとえわが家がめちゃめちゃになろうと、これからはずっと黒こげのステーキを食べることになろうと。すると、マイケンがつけ加えました。

「でもね、あんたたち、教えてもらったほうが安心できるんならいうけど、あの司法官候補のことは、全然なんとも思ってないわよ！」

マイケンがあの男に気があるとは、わたしも思っていませんでした。だから今回は、「危険は過ぎ去った」と、勝利のラッパを吹《ふ》けそうです。

ハーグストレム家のことを、もう少し聞いてもらえるかしら？

姉弟の上から二番目は、このわたしです。自分のことって、どう説明すればいいのかしら？

わたしは本が好きで、数学が大きらいで、ダンスが好きで、毎晩ベッドに入るのがきらいで、頭にきちゃうくらい家族のみんなのことが好きです。ときには、本当にいらいらさせられますが。パーマをかけた髪《かみ》はきらいで、自分は絶対《ぜったい》にかけたくありません。自然が好きで、ぶらぶら散歩したりするのはうれしいのですが、庭の掃除《そうじ》は苦手です。春の青い空、夏の暑さ、秋の澄《す》みきった空気、スキーができる冬の雪など、好きなものはほかにもたくさんあります。つまり、生きているのが大好きなんです。

それから、書くことも好き。このことでは、スバンテにきりがないほどからかわれ、皮肉をいわれているのですが、我慢《がまん》しています。

「おれは夜もおちおち眠《ねむ》れないよ」と、スバンテはいいます。「ベッドで横になっても、ブリットーマリがノーベル文学賞を取ったらその賞金をどうしようかって、気になって眠《ねむ》れないんだ。賞を取ったら、おれにアイスホッケーのクラブを買ってくれるって、約束してくれよ！」

「黙《だま》らないと、すぐにでもホッケーのクラブを差しあげるわよ。頭に一発ね！」

スバンテについては、たぶんもうカイサも、どんな子かわかったことでしょう。あと、スバンテについてつけ加えることといったら、十四歳《さい》で、学校の勉強となると、とことん出来が悪いのに、アコーディオンを弾《ひ》く、ボールを蹴《け》る、冒険《ぼうけん》小説を読む、姉妹をからかうといったことにかけては、とても熱心でしんぼう強いこと、歯磨《はみが》きは手を抜《ぬ》いていること、くらいかしら。

　でも、スバンテはユーモアがあります。それにわたしとは年が近いので、姉弟の中で一番よく殴《なぐ》りあいのけんかをする相手で、一番の仲よしでもあります。でも、殴《なぐ》りあいなんて、ちょっと大げさすぎる表現かも。けんかでは、残念ながらここ十年のあいだに、スバンテのほうがじょじょにわたしより強くなってしまい、今ではもう、対等な殴《なぐ》りあいにはなりません。けれど力ではかなわなくても、今でも、口では数えきれないほどやりあっています。

　ただし、他人が相手となると話は別で、とりあえず、わたしとスバンテはいつも手を組みます。ある時期など、うちの近所で、わたしたちはスー族（北米大陸の先住民の一部族）の高名な戦士〈ワシの目〉と〈タカの目〉を名乗り、ほかのインディアンすべての、恐怖《きょうふ》の的《まと》になっていたものです。わたしたちが戦《いくさ》をしかけたあかつきには、たとえば、〈しのび足の糞《ふん》〉や〈ニシンの白子の兄弟〉などは、心底震《ふる》えあがったものでした。

　ここだけの話ですが、じつはわたしは、どうしようもなくスバンテのことが好きです。ただ、スバンテがうぬぼれるとまずいので、そのことを本人に知られたくありません。

　わたしとスバンテが小さかったころは、両親は、小さい子どもは当分もうたくさん、という、いわゆる「子育てで大変な時期」だったようです。だって、下の弟のイェルケルが登場したのは、スバンテが生まれてからまるまる七年もたってからなのですから。今、そのイェルケルは七歳《さい》で、数日前に小学校に入学したところです。

ごく最近まで、イェルケルとスバンテは同じ部屋を使っていたのですが、ある日、自分のベッドで死んだネズミを見つけたスバンテが、もういっしょの部屋はいやだ、といいだしました。ネズミのせいで、ついに堪忍袋《かんにんぶくろ》の緒《お》が切れたのです。つまりね、イェルケルにはなんでも集めるくせがあって、二人が使っていた部屋に、奇妙《きみょう》な形の石ころや、いろんなカタログ類、釣り針《つりばり》、オタマジャクシ、小舟《こぶね》を作るための木ぎれ、切手やそれこそ死んだネズミまで、あれこれ山ほど持ちこんでいたのです。

スバンテが怒《おこ》りだした結果、イェルケルも、自分だけのねぐらを手に入れることになりました。あれはとても部屋とはいえません、ねぐら、というのがぴったり。イェルケルは、昔からみんなが家じゅうのあらゆるがらくたをほうりこんでいた小さな部屋に移りたい、と自分からいいだしたのです。イェルケルがそこに自分の宝物を全部持ちこんだので、そこはいっそうがらくた部屋になってしまいましたが、本人はたいそう満足しています。

イェルケルは部屋を掃除《そうじ》されないかぎり、ご機嫌《きげん》なんです。掃除《そうじ》は大きらい。イェルケルがドアに貼《は》った紙には、こう書いてあります。

「ちかよるな、ちかよったら、うつ。ふくしゅうしゃより」

（スバンテのドアにも、貼《は》り紙があります。「ならず者に　ご注意！」）

でも、イェルケルは小さいのにたいしたもので、もう、一人で読んだり書いたりできるのです。本箱がわりの古い砂糖《さとう》の箱には、お気に入りの『ブルーベリーもりでのプッテのぼうけん』（スウェーデンの絵本作家エルサ・ベスコフの絵本）や『リッランとねこ』（スウェーデンの絵本。アロセニウス作）のほかにも、たくさん本が入っています。イェルケルがとりわけ好きな『クマのプーさん』（イギリスの作家A・A・ミルン作の童話）は、ハーグストレム家全員がお気に入りで、よくみんなで声に出して読む本の一冊です。

イェルケルについて、ほかにいっておくことがあるとすれば、今はみごとに歯が抜《ぬ》けていることとです。さっきもいったように、イェルケルはつい先日小学校に入ったところですが、入学の日、学校にむかう姿を、カイサにも見せたかったわ。期待に顔を輝《かがや》かせ、胸を張《は》ってはじめて学校へ行く一年生の男の子は、文句なしにすばらしく、かわいくてしかたがありませんでした。だけど、かわいそうな一年生たち。あの子たちにはわかっていないのです。あとは定年退職するまで、もう休めないってことが。

さあ、もうすぐおしまいよ、カイサ。あとは、まだたいして何もできないチビの妹を紹介《しょうかい》すれば、終わりだから。

妹はモニカという名前で、三歳《さい》半です。赤ちゃんのころは、しょっちゅう泣きさけんでいたので、スバンテは、今度こそコウノトリに見えるように、「これ以上弟も妹もいりません！」という看板を出そう、といってたほどでした。今はもうあまり泣きませんが、モニカは信じられないほどあまやかされています。かわいらしさを武器に、家族のみんなをいいようにあやつっているのです。もちろんこれは、わたしがそう思っているだけ！　今まで、自分の家族のいいところばかり書きすぎたのでは、と思いはじめたものだから。

それからもうひとつ。わたしたちの家は一戸建てです。新しくはないし、すてきでもありませんが、とても住み心地《ごこち》のいい家です。古い木々に囲まれた、大きな、とても美しい庭もあります。これで草取りさえなければ……。でも、そういうわけにはいきません。いきっこないでしょ！

さあ、もうおしまいにしますね！　さよなら、カイ……あらまあ、大変、一番大切な人を忘《わす》れていたわ。アリーダのこと！　アリーダがいないハーグストレム家なんて、考えられない！

アリーダは、マイケンが生まれたときからずっとわが家にいてくれるお手伝いさんで、マイケンがしきりはじめる以前、わたしたち子どもがまともな食事にありつけたのは、たぶんアリーダのおかげです。

アリーダは、少なくとも月に一度はわっと泣きだして、今月かぎりでやめさせてもらいます、といいます。「動物園で暮《く》らす」のにもう耐《た》えられない、というのです。でも、母さんかマイケンのどちらかが、おがみたおしてご機嫌《きげん》をとると、三十分もしないうちにアリーダは、ふたたびお気に入りの曲を歌いだすのです。こんなふうに……。

ひとつの　花が　咲《さ》いている
オレアンナの　小さな　墓に。
この　花は　オレアンナが
誠実だった　あかし。

誠実といえば、アリーダも誠実な人です。これはまちがいありません。
さて、今、わたしが気の毒に思っている人が三人います。一人は、このぶあつい手紙の切手代を払《はら》うことになるわたし、二人目はカイサの家に持っていってくれる郵便配達の人、それに、これを読まなくちゃならない、かわいそうなカイサです。
読むのに疲《つか》れて倒《たお》れたりしないで、お返事くださいね。

ブリット－マリ

九月二十日

親愛なるカイサさま、ふたたびこんにちは！

今、何時だか、あててみて。朝の六時半！　それに、なんて美しい朝なんでしょう！　まるで神さまが天地を創《つく》られた日のように、すべてが明るく、ぴかぴか輝《かがや》いているの。

家じゅうが眠《ねむ》っているのに、わたしは五時から起き出して、庭の菩提樹《ぼだいじゅ》の下のテーブルで、これを書いています。まわりでは、フロックスやなごりのバラが、狂《くる》おしいほどの美しさで咲《さ》いています。便箋《びんせん》から目を離《はな》してまわりを眺《なが》めるたび、色とりどりの信じられないほどのあざやかな色が目に映り、喜びのあまり鳥肌《とりはだ》が立ってきます。

ところでカイサも、こんな経験はない？　わたしは小さいころ、こんな秋の朝にだれよりも早く目を覚まして、夜のうちにリンゴが落ちていないかと、庭に出たことが何度もあったの。そんなときのわくわくするようなうれしい気持ちを、今でもはっきり覚えています。子どものころ、こんな朝に、露《つゆ》の下りた草の中でよく熟したアストラカンリンゴを見つけたときの、魂《たましい》が震《ふる》えるような喜びにくらべたら、コロンブスがアメリカ大陸を発見したときの喜びなんて、かすんでしまうわ。

今でも、草の中のリンゴを見ると、貴重な金の塊《かたまり》を見つけたような気がします。近ごろでは、リンゴは木から直接もいだほうが新鮮《しんせん》でいいように思われていますが、朝、うちの特別いいアストラカンリンゴの木の下に落ちている実《み》ほどおいしいのは、ほかでは見つけられません。

それに、九月って、夢のようにすてきな月だと思わない？　夏が消えていく前の、狂《くる》ったような最後の炎《ほのお》。九月は、美しい女性が、これから年老いていくことを知っていながら、自分はまだ美しく、輝《かがや》いているのだと見せようと、最後の努力をしているみたいです。たとえその美しさが、みんなをうっとりさせる若い女の子のような五月や六月の美しさとは、別のものだとしても。

わたしが九月を好きなのは、食べ物が豊かに実るからでもあります。この時期に町の市場へ行くと、ほんとにわくわくしてきます。屋台に山積みになったリンゴ、ナシ、スモモ、トマト、ブルーベリーやブラックベリーなどのベリー類、キノコ、メロン、エンドウ豆、空豆、それにキャベツなどを、目をまるくして見つめてしまいます。

この前の日曜日、わが家では、恒例《こうれい》のコケモモつみに行ってきました。いつも、二頭の馬に引かせた荷馬車で行くのです。町の荷馬車屋が、きれいな馬車や御者《ぎょしゃ》を貸し出してくれます。わたしたちの荷馬車が大通りのでこぼこした石畳《いしだたみ》を進んでいくと、町のみんなは、いよいよコケモモが熟したんだな、と思うのです。

「ほかの人たちより高いところに座って馬の匂《にお》いを嗅《か》ぐのもいい気分だし、今日は一日じゅう森の中でうろうろできると思うと、いっそういい気分だね」と、スバンテがいいました。みんなも同感で、こっくりうなずきました。

今回スバンテはアコーディオンを持ってきていて、町の中を抜《ぬ》けたとたん、アルホルマワルツ（ストックホルムの少し北のアルホルマ島に伝わる音楽）を勢いよく弾《ひ》きはじめました。でも、馬はこの音楽が気に入らなかったらしく、ぴょんぴょん横飛びする馬をおさえるのに、御者《ぎょしゃ》は四苦八苦しました。

というわけで、アルホルマワルツはただちに中止。わたしはいってやりました。

「わたしがピアノを弾《ひ》くと、なんだかんだいう人がいるけれど、馬が怖《こわ》がって飛びはねたりしないことだけはたしかだわ」

「おれが思うに」スバンテがいい返しました。「もしもこの馬車にピアノを持ちこんで、ブリットーマリがいつものように『ドナウ川のさざ波』を弾《ひ》いたりしたら、馬は、死ぬまでつっ走るんじゃないかな。おれのアコーディオンなら、横飛びだけですんだんだから、おれの腕前《うでまえ》もたいしたもんさ」

コケモモつみは、毎年同じ場所に出かけます。町から十キロほど離《はな》れたところの農家に、昔父さんの生徒だった人が住んでいるのですが、そのすぐそばの森で、コケモモをつむのです。かごをいっぱいにすると、持っていったお弁当で、おなかもいっぱいにします。

おっと、お弁当のことは、書かないほうがよかったかもしれません。父さんがいうには、学校でピクニックについて作文を書かせると、どの作文も、お弁当のサンドイッチやそのほかの食べ物のことばかりになってしまうのですって。だから父さんは念《ねん》のために、生徒たちにこういうのだそうです。

「ピクニックに行くときは、家を出る前に、サンドイッチを食べてしまいなさい！」

でも、わたしたちのコケモモつみではもちろん、そんなことはしませんでした。高いモミの木に囲まれた、赤いコケモモの実《み》がなる茂《しげ》みのそばで、苔《こけ》むした石の上にお弁当を広げて食べるほうが、家で食べるよりずっとおいしいのですから。

コケモモはたくさん実っていました。みんなで二時間ほどつむと、冬じゅうの蓄《たくわ》えにじゅうぶんなほどの量が集まりました。父さんはそこでつむのをやめてしまい、ぶらぶら歩きまわって植物を観察したり、木の幹《みき》をつついているキツツキを眺《なが》めたりしはじめました。モニカは『もりのこびとたち』（エルサ・ベスコフ作の絵本）の家を探していましたし、イェルケルは木ぎれを削《けず》って弓を作っていましたし、なまけぐせのあるスバンテは、何もしないで草むらに長々と寝《ね》そべっていました。わたしは謙虚《けんきょ》だからはっきりとはいいませんが、そのあともちゃんとコケモモをつんでいたのはだれか、カイサならいいあててくれるでしょう。

さて、アリーダが台所でコトコトと音をたてはじめたので、わたしも学校へ行く前に、紅茶とトーストにありつこうと思います。お願い、成功を祈《いの》ってて！　生物の小テストがあるの。

灯《あか》りも消え、いよいよ静かで、清らかな夜……。明日の朝も早く起きなければならない、哀《あわ》れな貧しい女学生が、寝《ね》る時刻です。でも寝《ね》る前に、ちょっとだけカイサに聞いてほしいことがあるの。

今日、学校で、かなりうんざりすることがありました。生物のテストはまあまあでしたが、昆《こん》虫《ちゅう》が気管で息をしている、ということは思い出せませんでした。おまけにそのあとは、数学が二時間続きだったのよ。自分が三つ以上数を数える必要のない原始時代の娘《むすめ》だったらよかったのに、とわたしはいつも思っています。

そのうえ、マリアン・ウッデンが、とんでもないことをいいだしたのです。マリアンはクラスのリーダー的な女の子。どんな子だか、カイサならきっとわかってくれると思います。クラスの女の子は、みんなとはいわないけどほとんどが、マリアンの考えるとおりに考え、行動するとおりに行動し、マリアンのまねをしてしゃべるのです。わたしはもう、ほとほとうんざりです。いつの時代にもどのクラスにも、リーダーになる子はいるものですが、その子には、ある程度思慮《しりょ》分別《ふんべつ》があってほしいものですよね。一年前にマリアンが入ってくるまでは、もっと気持ちのいい、楽しいクラスだったのに。

マリアンのお父さんは、この町から汽車で少し行ったところにある大きな工場の持ち主で、マリアンは去年までずっと、住みこみの家庭教師について自宅で勉強していたのです。マリアンがあんなふうなのも、たぶん、これまで友だちというものがいなかったからなのでしょう。つまり、真の友情とはどんなものか、学ぶ場所も時間もなかったというわけです。おまけに、マリアンは一人っ子で、いいようがないほどあまやかされているのです。

マリアンがおとぎ話のお姫《ひめ》さまみたいな、シルクの靴下《くつした》、エナメルの小さなバッグ、それにシンプルだけれど、遠くからでもすごく高価だとわかるようなワンピース、という姿ではじめて現れたとき、みんなの目がくぎづけになったのも、当然でしょう？

正直にいって、わたしはかなり早くにマリアン熱が冷めてしまいましたが、ほとんどの子にとって、マリアンはいまだに、手の届かないあこがれの人なのです。そういう子たちは、グループからはずされないよう、マリアンに忠実で、グループに入れてもらって感謝しているということを毎日のように態度《たいど》で示している、というわけ。

カイサは、わたしがマリアンをうらやんでいると思う？　念《ねん》のため、そうなのかしら、ともう一度落ち着いて考えてみました。でも、うらやんでいるわけじゃない、とはっきりいえます。マリアンがきれいで、いい服を着ているのは、見ていて楽しいからかまいません。でも、マリアンが、みんなを自分の思いどおりにするために友情を利用するところは、好きになれません。ある日は、グレータにいうことを聞かせるためにリーサと仲よくしてみせ、次の日は正反対のことをするというように、友だちを互《たが》いにきそわせたりするのです。こんなマリアンのやり方は、好きではありません。そしてマリアンが今日思いついたことは、彼女《かのじょ》のやり口の中でも、たぶんもっとも馬鹿《ばか》らしい部類だと思います。

事《こと》の起こりはこうでした。先日マリアンは、フランス語の先生、ヘドベリィ嬢《じょう》からちょっとしかられたのです。しかられても当然だったのですが。そして、マリアンだけでなく、全員予習がおざなりだったというので、罰《ばつ》としてフランス語の教科書を一ページ訳してくるように、という宿題が出てしまいました。

ところがマリアンはみんなに、罰《ばつ》の宿題をしないように、と命令したのです。先生に質問されても、全員黙《だま》って羊のようにつっ立っていなさい、って。わたしはマリアンに、そんなの馬鹿《ばか》げていると思うから、わたしはできる範囲《はんい》で下調べをする、といってやりました。結局のところ、その宿題はそんなに大変でもなかったの。

さて、クラスに、ブリッタ・スベンソンって子がいるのですが、その子はほら、絶対《ぜったい》に女の子同士のパーティによんでもらえないし、うちあけ話もしてもらえないような子の一人です。どのクラスにもこんな子が、少なくとも二、三人はいるでしょう。わたしがそんな子を気の毒に思っているといったら、信じてくれる？　ブリッタ・スベンソンはフランス語が苦手で、成績でBC（当時は成績がAからEまであり、BCというのはCに近く、あまりよくない）を取ってしまいそうなものだから、予習をせずにはいられなかったらしいのです。ヘドベリィ先生とマリアン、どちらを怒《おこ》らせるかという究極の選択《せんたく》で、ブリッタは明らかに、マリアンを怒《おこ》らすほうに決めたというわけ。ブリッタは、順番からいって自分があたるとわかっていたからです。

事実、ブリッタは一番にあたって、なかなかみごとな訳を披露《ひろう》しました。ブリッタの次にあたることになっていたマリアンは、重苦しいうめき声をあげ、自分の番になると、黙《だま》って羊のようにつっ立っているしかなかったのです。やれやれ、そういうわけで、マリアンはまたしかられたのですが、そのあとヘドベリィ先生が何かほかの話を始めたので、ほかにはだれも、訳をあてられた人はいませんでした。

そこで、授業のあとの休み時間に、マリアンは作戦会議を開き、馬鹿《ばか》げたことをいいだしたのです。十四日間、クラスのだれも、ブリッタ・スベンソンとひとことも口をきいてはいけない、というんです。休み時間にブリッタといっしょにいてはいけないし、たとえブリッタが直接何かたずねてきたとしても、答えてはならない、と。

わたしは、できるだけとげとげしくいいました。

「じゃあ、ブリッタの首に鈴《すず》をつければ？　近づいてきたときに、わかっていいんじゃない？　大昔、人がいやがる不治の病《やまい》の患者《かんじゃ》がつけさせられてたように。文化の程度って、そのころから進歩してないみたいね」

けれど、クラスのほかの子はみんなおとなしくて、十四日間ブリッタと話すな、なんていうひどい命令にしたがうつもりのようでした。わたしはいってやりました。

「どこかの国では、囚人《しゅうじん》をこらしめるのに、気がふれるまで囚人《しゅうじん》の足の裏を羊になめさせるっていうわよ。そんなにこらしめたいんなら、それをやったらいいんじゃない？　このクラスには羊がいっぱいいいるんだから、できるでしょ」

こんな皮肉をぽんぽんいってから、わたしはその場を離《はな》れました。

「どこへ行くのよ」マリアンが後ろからどなりました。

「ブリッタ・スベンソンのところへ行って、楽しくおしゃべりするのよ」

でもね、カイサ、わかってくれるでしょ。三時半になって学校に背をむけたとき、どんなにいい気分だったたか。わたしはカバンをふりまわして家にむかって歩きながら、心の中でクラスの女の子たち、特にマリアンをののしっていました。

家に着くと、門の前には、同じ一年生の男の子三人といっしょに、イェルケルがいました。イェルケルはわたしが帰ってきたのに気づかず、歯の抜《ぬ》けた口から、ひどいののしり言葉を吐《は》いていました。それを聞くと、わたしが帰る道々心の中でマリアンに使ったののしり言葉なんて、ひかえめでかわいいものに思えました。

「そんな言葉を使って恥《は》ずかしくないの？」といって、わたしはイェルケルの首根っこをつかみました。

「えっ、だけど、外ではののしってもいいんでしょ？」元気な弟は、びっくりしたようにいいました。

それから二人で家に入り、夕食を食べました。まともな人たちの中にいると思うと、ほっとしたわ。おいしいカブとジャガイモのマッシュとポークソテーを食べ終えると、わたしの悩《なや》みの大半は消えうせました。食べながら、わたしたちはいつもどおり、テーブルを持ちあげました。

あらあら、このことは、たぶんまだ話していなかったわね。説明します。そう、わが家にはちょっとした馬鹿《ばか》げた習慣があって、家族がそろってテーブルに着き、すべてが平穏《へいおん》でうまくいっているときには、みんなでテーブルを床《ゆか》から少し、二、三センチかそこら、ほんの一瞬《いっしゅん》持ちあげるんです。どうしてそんなことするのかよくわかりませんが、たぶん、みんながそろっているとき、いっしょにテーブルを持ちあげると、いっそう連帯感や満足感が感じられるからでしょう。

ところが最近、マイケンが、スープが出ているときはテーブルを持ちあげてはだめ、と決めてしまいました。でも、カブとジャガイモのマッシュとポークソテーならこぼれないので、どんなに高くだってテーブルを持ちあげられます。

けれどもアリーダだけは、テーブルの持ちあげに断固反対しています。

「おりこうなこととは思えませんよ。まったく信じられません」というのが、アリーダの意見です。

ああ、もう目をあけていられない。じゃ、今日はこれでさよなら。

ブリットーマリ

九月二十八日

親愛なるカイサさま！

ゆうべのお月さまを、カイサも見たかしら？　きっと、大きくて黄色い満月がストックホルムの王宮の上にのぼり、宮殿《きゅうでん》前の海ストレッメンに映っていたんじゃなくて？　カイサが見ていたのと、わたしが見たのが同じお月さまだと思うと、不思議な気がします。

でも、わたしは一人でお月さまを見たんじゃないの。でも、だれといっしょだったかなんていわないから！

ゆうべはまず、近くのアンナスティーナの家に、ちょっと遊びに行ったのです。アンナスティーナはわたしの幼《おさな》なじみで、はじめて人形の取りあいをして髪《かみ》の毛が抜《ぬ》けたときは、二人ともまだ四歳《さい》になっていなかったと思います。自分たちの髪《かみ》も人形の髪《かみ》も、両方とも抜《ぬ》けたんです。

アンナスティーナの家を出たのは九時少し前。そのあとすぐ、まったく偶然《ぐうぜん》に、彼《かれ》に出くわしたのです。わたしがときどき空想してたみたいに……つまり、思いがけなく、偶然《ぐうぜん》会えないかなと期待していたとおりに。きっと彼《かれ》のほうも、会えるように努力をしていたんじゃないかしら。もちろん、これはわたしの勝手な想像です。といっても、ほんとにそうなのかも……。

二人で川べりの散歩道を歩きました。この小さな町のまん中には、うれしいことに川が流れているのです。この川がなければ、町はいったいどうなってしまうことでしょう。町並みはまるで魅力《みりょく》のないものになってしまうでしょうし、もしも川に映らなければ、月の光だって魅力半減《みりょくはんげん》です。それに、もし町のすぐ外の、川が曲がっているあたりのあの木立がなかったら、春になってもどこで黄色いキバナノクリンザクラをつめばいいのかわかりません。それから、もし明るい夏の夕べに川のそばのベンチに座って、白いライラックの香《かお》りを嗅《か》ぐことができなかったら、夏だなんて全然信じられないことでしょう。

みんなが大通りを歩くのは、冬のあいだだけです。雪がとけるとたちまち、だれもが川べりの散歩道を、くるぶしまで泥《どろ》をはねあげて歩くことになります。全然舗装《ほそう》されていない散歩道は、たくさんの靴《くつ》をだいなしにしてしまって、きっと良心の呵責《かしゃく》に苦しんでいることでしょう。

きのうの夜、そこへ行ったの、ベルティルと。あーあ、とうとう名前をばらしちゃった！　けど、別にカイサには知られたって、かまわないわよね？

ベルティルは十六歳《さい》で、男子高の二年生です。感じのいい子だ、と父さんもいってるようです。それに誓《ちか》っていうけど、ベルティルほどきれいな歯をしている人はほかにいません！　二人で何を話したのかは、覚えていません。あまり何も言わずに、黙《だま》っていた気がします。川面《かわも》は暗く、月があざやかにくっきりと映っていて、シダレヤナギが川の上に優雅《ゆうが》に枝を伸《の》ばしていました。あたりがあまりに美しくて、胸が痛くなったほどです。

それから、ふいに憂鬱《ゆううつ》な気分になりました。どうしてだかわかりません。わたしは、かなりひんぱんに憂鬱《ゆううつ》になるのです。たぶん若いからで、でも、もう小さな子どもではないからだと思います。小さな子どものころは、すべてがとても単純です。そしてすっかり大人になってしまうと、たぶんまた単純になるのです。けれど、ちょうどそのあいだの時期は、むずかしいことがたくさんあるんじゃないかしら。カイサも、憂鬱《ゆううつ》になることある？　それともこんなふうに感じるのは、馬鹿《ばか》なわたしだけ？

「人生」について、実際よくわかっている人は、そんなにいないようです。本当の意味での「人生」については。わたしはときどき、人生ってくらべるものがないほどすばらしく、同時にくらべるものがないほど恐《おそ》ろしい、という気がします。そんなことを考えていると、憂鬱《ゆううつ》になるんです。自分に自信を失い、だめな自分に絶望してしまったりします。自分の人生を本当にすばらしいものにできるかどうか、不安になります。

人生ってパン生地《きじ》みたいなものよ、と母さんはよくいいます。どんな人も自分だけの生地を持っていて、好きなパンやクッキーを作れるのよ、って。平らできれいな、おいしそうに焼けたクッキーになるか、それとも、ゆがんでこげた小さなパンになってしまうかは、それぞれの人によるのです。生地をもらえるのは、たった一度だけ。そして、こがしてしまうと、もとへは戻《もど》せないのです。若い人はたいてい、生地を最初からきちんと形作ることがどんなに大切か、わかっていないのよ……。

　母さんは、こんなふうにたとえ話をするのが好きです。ときには単刀直入にずばりと注意することもありますが、そういうときはこんなぐあいです。

「ブリットーマリ、何をするときも、きちんとやりなさい！　そのときが楽しければいい、なんでもいいかげんに、適当にやっとけばいい、と思っている馬鹿《ばか》な女の子がたくさんいるけど、それはまちがいよ」

　もしもある子がだらしないと、母さんははっきりと、あの子はパン生地《きじ》をゆがめている、というのです。

　この前、母さんと外を歩いていたとき、ある女の子に会いました。名前はいわないことにしますが、その子はかわいくて親切で、いつも元気で明るいのに、ふしだらなせいか、その子の名前が出るとみんな特別な笑い方をして、よくはいいません。母さんはいいました。

「あの子はパン生地を少しゆがめかけているわね」

　パンの話は、もうおしまい！　でも、あとひとつだけ。一番おいしそうに焼けた、平らできれいなクッキーになりそうな人といえば、それはベルティルよ。ベルティルは、信じられないほどいい人なんですもの。

　せっかくベルティルと散歩をしていたのに、十時には、急いで家に帰らなくてはなりませんでした。ふだんは意見が食いちがうこともある父さんと母さんとマイケンが、そろって、十時にはわたしとスバンテは家にいること、といっているからです。ひょっとすると、こんなに早く帰らないといけないのも憂鬱《ゆううつ》の原因かな、と思いつつ、川の中をピチャピチャと歩いて気をまぎらわせました。

ところで、来週の土曜日には、男子高でダンスパーティが行われることになっています。これはこの秋の最大の行事です、学生にとってはね。男子高には音楽隊があって、スバンテはそのアコーディオン奏者という名誉《めいよ》ある地位を得ています。この音楽隊が、パーティの音楽も担当することになっています。

というわけで、ふだんは平和なハーグストレム家も、近ごろは平穏《へいおん》ではいられません。音楽馬《おんがくば》鹿《か》たちがしょっちゅう家に集まって、練習しているからです。

それからね、カイサ、わたしはダンスに着ていく新しいワンピースを手に入れました！　このドレスは、

1．色は深いブルーです。
2．ひだがあります。
3．白いえりと、そでの折り返しにも白いカフスがついています。
4．わたしの意見では、本当にかわいいです。

ワンピースくらいで大騒《おおさわ》ぎするのは、くだらないかもしれません。でもやっぱり、真夜中に目が覚めると、幸せな気分でちょっぴりわくわくしながら、ワンピースのことを考えてしまいます。それから寝返《ねがえ》りを打って、口もとにまぬけな笑みを浮《う》かべつつ、また眠《ねむ》りこむというわけ。

わたしの服をそろえてくれるのは、マイケンです。マイケンは趣味《しゅみ》がいいので、助かります。母さんは、わたしが腰《こし》みのひとつでフラダンスを踊《おど》ろうとしていても、きっと気づかないでしょう。でも、マイケンは厳《きび》しいのです。

わたしがこの新しいドレスの布の手ざわりやデザインをしげしげと見直していると、マイケンはさらりといいました。

「ブリットーマリには、派手《はで》な服は似合わないから！」

ほんの一瞬《いっしゅん》の激《はげ》しい心の葛藤《かっとう》のあと、わたしも、マイケンのいうとおりだと納得しました。

ああ、今日はたっぷりおしゃべりしたわ！

ブリットーマリ

十月七日

親愛なるカイサさま！

ダンスって、なんて楽しいんでしょう！　先週の土曜日にあった男子高のダンスパーティのことを思い出すと、足がまだぴょんと踊《おど》りだしそうです。どんなに遅《おそ》くまででも踊《おど》っていられる気がしたのに、校長である父さんが、十一時にはお開《ひら》きだ、とはっきりいいわたしたのです。アメリカ人なら、こういうのを「精神的虐待《せいしんてきぎゃくたい》」っていうんじゃないかしら。

さあいよいよ、このパーティの最初から最後まで、わたしが深いブルーのひだのあるワンピースに身を包んだ瞬間《しゅんかん》から、帰ってきて同じワンピースを脱《ぬ》ぐまでに起こった、すべてを話します。

兄弟って頭にくるものですが、スバンテほど頭にくる弟は、ほかにいないでしょう。スバンテはパーティの実行委員になっていたので、アコーディオンをかかえて、夜の七時ごろには家を出ていきました。ところが、出かける前に、わたしにいろいろいやみをいうひまだけはあったの。だれだってこんな夜はできるだけかわいく見せたいものだって、カイサならわかってくれるでしょう。でも、スバンテにはそれがわからないんです。

「神さま、男の子たちをお守りください」スバンテはいいました。「ブリットーマリが髪《かみ》をカールさせています。大々的に男の子たちをもてあそぶつもりのようです！」

スバンテは、わたしが鼻の上にマイケンの粉おしろいをほんのちょっぴりつけたのも、まるで猟犬《りょうけん》のように嗅《か》ぎつけて、いいました。

「ふんふん、おしろいと、おまけに罪深い愛の香《かお》りがするぞ」

「あっちへ行ってよ」わたしはいいました。「行かないと、アンナスティーナに、あんたがわたしのアルバムから彼女《かのじょ》の写真を取って、枕《まくら》の下に入れて寝《ね》ているってばらすわよ」

生意気な兄弟に負けないためには、どんな卑怯《ひきょう》なやり方だって許されるのです。だけど、せっかくこっちの勝ちだと思ったのに、スバンテは、出かける直前にドアから顔をつっこんで、ひどい捨てぜりふを吐《は》いたのです。

「口にも赤いのつけて、夜の火柱みたいにして出かけたら？　ベルティルが霧《きり》の中で迷子《まいご》にならないようにさ」

そして、こっちがぎゃふんといわせることを考えつく前に、スバンテはアコーディオンやら何やらをかかえて、消えちゃったのです。

わたしが出かけるときには、マイケンが点検してくれました。髪《かみ》のセットをうまく直し、ストッキングの後ろの線がまっすぐまん中になっているかも見てくれました。

「ええ、いいわ、とてもかわいいわよ」といってくれたので、わたしはそれを信じることにしました。自信を持つためには、ときどきこうした励《はげ》ましが必要なのです。ほかの人の目には、たぶんじゅうぶんすぎるほど自信たっぷりに見えているのでしょうが、心の一番芯《しん》のところでは、ブリットーマリ・ハーグストレムには特別なところなんて全然ないんじゃないか、という疑いが消えないのです。

「お忘《わす》れなく。ご主人さまは、いつか死ぬ定めの普通《ふつう》の人間であられます！」と、ときどき思い出させる役目の奴隷《どれい》をそばに置いていたのは、古代ローマの皇帝《こうてい》たちじゃなかったかしら。わたしには逆に、いつも「忘《わす》れないで、あなたは絶対《ぜったい》に死なない人間よ！」と、ささやいてくれる人が必要みたい。そういってもらえれば、自信がついて、どんなふうに見られているかしら、服はちゃんとなっているかしら、ほんとはとても不安な気持ちでいることをだれかに気づかれてないかしら、などと、考えすぎずにいられるでしょう。

母さんはいつも、こういっています。他人のことを思いやり、親切にしていれば、自分のことを考えすぎたりしないし、そのほうが魅力的《みりょくてき》に見えるのよ、と。つまり、だれだって自分の子どものことや、病気や仕事のことなど、なんであれ自分についての話を、喜んで聞いてくれる人がいれば、とてもうれしいというわけです。これは、大事なことだと思うの。

たとえば、カイサとわたしのことだってそうよ。わたしは手紙で、自分のことばかり話していますが、それは、カイサが親切に聞いてくれる魅力的《みりょくてき》な人だと、心から思っているからなのです。わたしがそう思っていると、カイサは信じてくれるでしょ？　カイサのほうも、自分のことをすっかり話してくれるから、きっと、わたしを魅力的《みりょくてき》だと思ってくれているんだと思えて、わたしもうれしいの。

さあ、話をもとへ戻《もど》しましょう。横道にそれないで話すのは、とてもむずかしいわ！　自分に自信がない、なんていう話をこのまま続けていたら、いつまでもきりがなくて、最後には、オーストラリアにおける羊の飼育法とか、ローラースケートのコツとかいう、はっきり結論の出ることを書いて手紙を終わりにしなくちゃならなくなります。

さて、男子高のダンスパーティの話に戻《もど》ります。わたしは父さんといっしょに出かけました。もちろん、父さんは校長として行ったの。父さんは、若い子たちが楽しんでるのを見るのが好きなんですって。もっとも、わたしは二度ばかり走って引き返すはめになったのですが。一度目は父さんのメガネを取りに戻《もど》り、二度目は父さんの傘《かさ》を取ってきてあげました。

ようやく学校に近づいたところで、アンナスティーナに会いました。学校の体育館に入るときは、アンナスティーナと腕《うで》を組んでいたので、気が楽でした。

体育館には、ベルティルがいました。ベルティルを見たとたん、いつものように、まるで息がつまりそうな気がしました。これって、恋だと思う？

ベルティルとわたしは、どちらも相手に合わせて踊《おど》るのがすごくうまいので、普通《ふつう》は緊張《きんちょう》する最初のワルツのときから、とっても楽しいと思えたし、「ここで、彼は左へまわる」「今、彼は、居並《いなら》ぶ先生たちの前から、わたしをできるだけ早く連れ出そうと思っているにちがいない」などと、ほかの人と踊《おど》るときにはときどき頭に浮《う》かんでしまうようなことも、全然考えずにすみました。

ところで、そうそう！　最悪なことをばらしてしまおうかしら？　それとも、秘密にしておいて、あれは悪い夢だったということにしてしまおうかな？　でも、どんな場合にも、勇気を持って真実をはっきりさせるのが一番いいと思うので、カイサにわたしの過酷《かこく》な運命をお知らせすることにします。書くだけでも、まだ顔が赤くなりそうだけど。

オーケという男の子のことを、話したことがあったかしら？　ないとすれば、これから聞いてもらうわ。オーケのような人の存在を抜《ぬ》きにして、人生は語れません。オーケはとてもやさしくて、とても親切で、とても恥《は》ずかしがりやで、とてもデブな男子高の生徒です。毎年春になると、ほとんどの科目に不合格になって、校長である父さんと面談するために、わが家にやってきます。

もうずっと長いこと、オーケはわたしにとても親切にしてくれて、いっしょに歩くときには通学カバンを持ってくれるし、クリスマスやイースターには必ずカードを送ってくれるし、学校でダンスパーティがあると、礼儀正《れいぎただ》しく踊《おど》ろうと誘《さそ》ってくれます。そうなの、オーケはくり返し誘《さそ》ってくれていたのです。だけどオーケって、ほら、死ぬときなら手を握《にぎ》りたくなるようないい人なんだけど、生きているうちにダンスをいっしょに踊《おど》るのは……おことわりって感じ！　だって、オーケと踊《おど》ると、いつだって足や手がやたらにぶつかって、ひどいことになるんです。オーケって、どこかで聞いたいい方を借りると、何もないゴビ砂漠《さばく》を歩いたって何かをひっくり返さずにはいられないタイプなの。

そう、ご想像のとおりよ、カイサ！　わたし、オーケと踊《おど》って、ほんとに派手《はで》にころんじゃったの。

あーあ、いっちゃった！　どんなふうにころんだかなんて、聞かないで！　わたしが覚えているのは、突然《とつぜん》自分が床《ゆか》の上に座っていて、地震《じしん》で多数の死傷者が出たのかしらと心配してたことだけ。

もしも、社会からつまはじきされるってどんな気持ちか、カイサが味わってみたければ、いいこと教えてあげる。学校なんかのちゃんとしたダンスパーティで、一度ひっくり返ってころんでみることよ。ほかの人がカイサを見るうれしそうな顔を見たら、不運な子どもがどんな気持ちか、はっきりわかると思います。

わたしはなんとか気をとりなおし、どの足が自分のかを探しあてて、立ちあがりました。最初は頭がかっかしていて、ドアにむかってつっ走ろうか、オーケのすねをけっとばそうかという気分だったのですが、オーケの赤くなったみじめそうな顔を見ると、気の毒になってきて、ほとんどお母さんみたいな気持ちになってしまいました。

「わたしたちに続いてころぶ人がいないか、見てみたいわね」と、できるだけさりげなくいって、まわりの人たちをいどむように見まわすと、オーケの手を取り、ふたたび踊《おど》りだしました。

でもね、わたしが八十歳《さい》になって安楽いすに座り、子どもや孫たちに囲まれて若いころの思い出話をするときになれば、きっとこういうだろうな。

「えーっと、あれはおばあちゃんがダンスパーティで派手《はで》にころんだのと、同じ年のことだよ！あの悲劇のことはとやかくいう人もいるけど、記憶《きおく》をたどる頼《たよ》りにはなるね！」

スティーグ・ヘニングソンと踊《おど》る、という楽しみもありました。スティーグは、この町に来たばかりです。ストックホルムから来たの。カイサはひょっとしたら、海岸通りで会ったことがあるかもしれないわね。でも、カイサが会った男の子が、自分は世界の中心で一番えらいんだ、という顔をしてなかったら、それはきっとスティーグじゃなくて別人だったのよ。

スティーグは、ストックホルムの学校を退学になったのだという話です。本当かどうかはわからないけれど。父さんは、その手のことは絶対《ぜったい》に話さないから。でも、父さんと外を歩いていたとき、偶然《ぐうぜん》スティーグに会ったことがあるの。父さんの態度を見ると、スティーグを気に入っていないのがわかりました。この小さな町へ来て、町ごと買ってやろうかといわんばかりの大きな顔をする人は、わたしだって好きじゃありません。それに、男の子が自分の容姿を意識しすぎているのも、格好のいいものではありません。顔のまん中にそれなりにすてきな鼻がついていたとしても。
とはいえ、わたしはそのスティーグと踊《おど》ったわけ。話もしたけど、スティーグったらなんていったと思う？　だめだわ、あまりばかばかしいから書けない！
そうはいっても、スティーグとの話は傑作《けっさく》だったから、今どきの若者が交わす会話の例として書いておくのも、悪いことじゃないかもね。
スティーグ――ブリットーマリ、きみってすごくきれいだったんだね！　このパーティがお開《ひら》きになったら、ぜひ散歩につきあってもらいたいと、提案するよ。
わたし――そんな提案、却下《きゃっか》よ。そんなお誘《さそ》いを受けると、名誉《めいよ》なあまりうぬぼれてしまいそうだから、ありがたくおことわりするわ。
スティーグ――きついこというなよ！　きみの深いブルーの瞳《ひとみ》は見たこともないほどきれいで、好きだよ。
わたし――あら、ほんと？　わたしはあなたの瞳《ひとみ》より、カブとジャガイモのマッシュとポークソテーのほうが好きだわ。
スティーグ――どうしてその小さくてかわいい口から、そんないじわるな言葉が飛び出してくるんだい？

わたし――バッカみたい、ああもう、バカッ！

これで、スティーグは明らかに気を悪くしたようで、お互《たが》いに沈黙《ちんもく》を守ったまま、見かけはあくまでもさりげなく、踊《おど》るのをやめました。そのあと、スティーグはマリアン・ウッデンに熱を上げたようで、ご執心《しゅうしん》だったわ。スティーグが「きみの茶色い瞳《ひとみ》は見たこともないほどきれいだ」というのを聞いちゃった。

それからは、わたしはもうほかの人とは踊《おど》らず、ベルティルとだけすごし、お互《たが》いにとても楽しい思いをしました。ベルティルはラムネをおごってくれました。

けれども、音楽隊の中に兄弟がいるというのは、あまり都合のいいものではありません。こっちが少しでもかわいいそぶりを見せようとすると、突然《とつぜん》あたりじゅうに聞こえるような大きな声で、茶々を入れてくるのですから。

「調子に乗るなよ！」

ベルティルは家まで送ってくれました。でも、スバンテもわたしたちの二十五メートルあとをずっとついてきて、しょっちゅうわざとせきをしていました。ときどき、アコーディオンをミャーミャーいわせたりもしました。おかげで、ベルティルにいおうと考えていた深い思いや、記憶《きおく》に残るようなせりふのすべてが、唇《くちびる》の上で凍《こお》りついてしまいました。もちろんお返しに、家に帰ってから、スバンテには記憶《きおく》に残るせりふを相当いってやりました。

スバンテのことや、派手《はで》にころんだことがあったとはいえ、何もかもが楽しい晩でした。踊《おど》るのを楽しいと思わない人がいるなんて、信じられない。わたしは、生きているかぎり踊《おど》りたいわ。もしも百歳《さい》になって、松葉杖《まつばづえ》でカタカタ歩くようになり、自分の名前さえ忘《わす》れてしまったとしても、ダンスの音楽が聞こえてきて、孫や ひ孫《まご》のような子たちが飛びはねて踊《おど》りはじめたら、わたしのよぼよぼの脚《あし》はぴくっと動くと思うわ。ただ、そのころはやっているダンスは踊《おど》れないでしょうよ。いらいらと白髪《しらが》の頭をふって、こういうんじゃないかな。

「これをダンスって呼ぶのかい？　昔、わたしらが若いころは、きちんとしたスウィングを踊《おど》ったもんだ、ありがたいことにね！　ありゃ、きれいなダンスだったね！」

ベッドに入る前に、深いブルーのひだつきワンピースにありがとうをいって、そっとなでてやりました。このすごくすてきなワンピースのおかげで、楽しむことができたのですから。

それから、ぱたんと眠《ねむ》りに落ちました。そして、王宮のダンスパーティに行った夢を見ました。国王陛下がわたしにダンスを申しこみ、わたしたちは、まわりに大勢の人々が立っている馬鹿《ばか》でかい広間へ、すべるように踊《おど》り出ていきました。しばらく踊《おど》っていたのですが、なんにも起こらなかったので、わたしはいいました。

「王さま、そろそろ派手《はで》にころぶころではないでしょうか？　ころぶと決まっているなら、さっさとやってしまいたいんですが！」

そして、わたしは王さまに足ばらいをかけ、二人で派手《はで》にころんじゃいました。
これって重い不敬罪かな、と心配している……

ブリット－マリ

十月十九日

わたじのやざじい友、カイザは鼻ガゼをひいていませんか、わたじはひいています！

少し熱もあります。今ごろクラスのみんなは、不規則動詞の変化をくどくどくり返しているでしょうが、好きなだけやればいいのです。ベッドにもぐりこんでいるわたしとしては、全然気になりません。

わたしは、ちょっとぐあいが悪いと、まったく元気がなくなってしまいます。まさにノルウェーの吟遊詩人《ぎんゆうしじん》が歌っているとおりです。

ひどい風邪《かぜ》をひき　悩《なや》み苦しみ、
とても悲しく　まったくうんざり。
わたしが前に　病んでから、
こんなに　ひどい病人はなし。
ベッドに寝《ね》て　ただ考えるのは、
とんでもない目に　あっている、
なんとみじめで　哀《あわ》れなんだ　ああ！

だが、ほんとは　とても心地《ここち》いい。

そのとおり！　ほんとはとても心地《ここち》いいのです！　特に家族のみんなが、競争でわたしにやさしくしようとしてくれるとね。

たとえばスバンテは、傲慢《ごうまん》な態度の裏にとてもうまく同情の気持ちを隠《かく》して、こういいます。

「は、はーん、寝《ね》ころんでいるところを見ると、病気ってわけかな？　ひょっとすると、今日は数学のテストがあったんじゃないの？」

「つばらないいやみは、いばないで」とわたしがいい返すと、スバンテはリンゴをひとつほうってくれて、消えてしまいました。のんきに『ラ・パロマ』（スウェーデンではシンガーソングライター、エヴェルト・トーブが歌っていたラテン音楽。トーブは一九三〇～七〇年代にかけて活躍した）なんかを口笛で吹《ふ》きながら。

母さんは、家族のだれかがちょっとでも病気になると、いつもすぐに大騒《おおさわ》ぎします。心配でたまらない母鳥のようにばたばたと動きまわり、病人の熱が三十八度近くにでもなろうものなら、まるで今週の末までもたないというみたいにうろたえます。そして食べ物や温かい飲み物をたえず持ってきて、押《お》しつけます。今朝はわたしのために、母さんのせりふを借りると「本物のおいしいスポンジケーキ」を焼こうと、いそいそと台所に立ちました。十一時にわたしの部屋でおやつにしましょう、といって。

結局「本物のおいしいスポンジケーキ」は、むざんなぺったんこの小さなケーキになってしまいましたが、わたしたちはちゃんとコーヒーに浸《ひた》して食べました。母さんは、ふくらし粉が悪かったにちがいないといいわけをしていましたが、どんなときにも心やさしいマイケンは、このくらい固いスポンジケーキが好きよ、といってあげていました。でも、明日になって、母さんがスポンジケーキのことなどすっかり忘《わす》れたら、マイケンはきっと、どんなケーキ屋さんもかなわないようなふかふかのケーキを焼いてくれるにちがいありません。金色の生地《きじ》をふんわりと泡立《あわだ》てて。

イェルケルとモニカは、うつるといけないので、わたしの部屋に入ってはだめ、と厳《きび》しくいわれていますが、モニカは敷居《しきい》のところに立って、くるくるカールした髪《かみ》の毛をゆすり、心配そうにこういいます。

「ブリットｰマリはびょうき、ブリットｰマリはものすごーくわるーい、びょうき！」

イェルケルのほうは、自分のお気に入りの雑誌を一冊、快く貸してくれましたが、これはイェルケルが、続き物のマンガが読みたくておこづかいをはたいて買っているものです。イェルケルは「ハードボイルドだよ」といって、そのマンガを読むように熱心にすすめてくれたのですが、わたしは、その雑誌に載《の》っている思いっきり馬鹿《ばか》げた小説のほうを読むつもりです。

それだけでなく、目下のところ読むものには不足していません。ベッドのわきの壁《かべ》の上に作りつけてある本棚《ほんだな》には、小さいころから大好きな本……『もりのこびとたち』『ぼうしのおうち』（エルサ・ベスコフ作の絵本）から『ふしぎの国のアリス』（イギリスの作家ルイス・キャロルの小説）『赤毛のアン』（カナダの作家ルーシー・M・モンゴメリの少女小説）『ウッラベッラ』（スウェーデンの作家マリカ・シエールンステットの少女小説）『軍医物語』（フィンランドの作家サカリアス・トペリウスの歴史小説）『ハックルベリー・フィンの冒険』（アメリカの作家マーク・トウェーンの冒険小説）『宝島』（イギリスの作家ロバート・L・スティーブンソンの小説）、ほかにも、いろいろな本がたくさん入っています。

この前のお誕生日には、深い緑の装丁《そうてい》が魅力的《みりょくてき》な、二冊ぞろいの『デイビッド・コパーフィールド』と『ピックウィッククラブ』（いずれもイギリスの国民的作家チャールズ・ディケンズの小説）、それに『メリー・スチュアート』（オーストリアの作家ステファン・ツバイクの伝記小説）をもらいました（歴史はわたしの好きな科目のひとつなの）。こういう本も本棚《ほんだな》に並んでいて、手を伸《の》ばすだけで取れるのです。学校の教科書は、手が届かないくらいじゅうぶん離《はな》れた窓のそばの本棚《ほんだな》に並べてあります。

それはそうと……わたしの部屋がどんなふうか、教えてくれないかですって？　じつは、つい最近マイケンに手伝ってもらって部屋の模様替《もようが》えをしたばかりなので、ほめてもらいたくて、髪《かみ》の毛をひっぱるようにして友だちや知りあいをここへ連れてきているところなのです。

以前、まるでつまらない壁紙《かべがみ》が貼《は》られていた壁《かべ》は、マイケンと力をあわせて淡《あわ》いブルーに塗《ぬ》りました。スバンテが喜々として、その上に赤い悪魔《あくま》をいくつか描《か》いてあげようかといったのですが、あんたもブルーのペンキを塗《ぬ》ってほしいの？　と脅《おど》しただけで、退散《たいさん》しました。

さらに、天使のようにやさしい姉は、わたしがずっときらいだったうんざりするようなベージュ色のカーテンのかわりに、上にひだ飾《かざ》りのついた、すっごくかわいい白いボイル地（通気性のあるさらりとした感触の布地で、柔らかいひだができる）のカーテンを縫《ぬ》ってくれました。床《ゆか》には、去年のクリスマスにもらった目の覚めるようなブルーのマットを置きました。そして、春に屋根裏部屋からひっぱり出してきた古い安楽《あんらく》いすを、マイケンが、あざやかな赤いガウン用のタオル地で張《は》りなおしてくれました。

部屋の模様替《もようが》えでやったのはこのくらいですが、まるで新しい部屋をもらったような気がしています。部屋には、窓にむかって置かれている以前と同じ古い机と、寒い冬の夜凍《こご》えた足を温めてくれるタイル張《ば》りの暖炉《だんろ》と、ベッドのわきの壁《かべ》の上のほうには、大好きな本が並ぶ古いおなじみの本棚《ほんだな》もあります。

そうだ、まだあった！　読書用の新しい電灯を、本棚《ほんだな》の下の壁《かべ》に取りつけてもらったの。

「ブリット－マリが毎晩死ぬほど本を読まないんなら、正直いってこんなこと、手伝わないんだけど」といいながら、マイケンは電灯をかけるフックを打ちつけてくれました。これじゃ本当に、本を読みすぎて死んでしまいそう！

カイサもわたしみたいに、すごく本が好きだとうれしいな。わたしはただ読むのが好きというだけでなく、自分の手もとに本があっていつでも読める、という感じも好きなのです。父さんと母さんは、すべての子どもに読んでほしい本が何冊かある、と考えています。どこの親も同じように思っていてくれるといいのですが。そのおかげで、わたしたちはずいぶん楽しい思いをしてきたからです。

わが家では、本はぜいたくなものとは考えられていません。クリスマスプレゼントを入れるかごの中や、お誕生日プレゼントを並べるテーブルの上に、いつもどっさりあるものなのです。

いつかわたしと結婚《けっこん》する男の人は、ふたつの条件を満たさなくてはなりません。本が好きだということと、子どもが好きだということです。外見はあまり気にならないの。もちろん、きれいな歯をしているのは邪魔《じゃま》にはならないけれど……。どう思う？

今、マイケンが温かいレモネードを持ってきてくれました。わたしの脚《あし》もタイプの重みでしびれてきたので、しばらく休憩《きゅうけい》することにします。それじゃ、また！


しばらくしてから。

わたしが今、どんなに心地《ここち》いいか、カイサ、わかってくれるかしら！　薄青《うすあお》い十月のお日さまが窓から射しこんできています。アリーダがタイル張《ば》りの暖炉《だんろ》に火を入れてくれたし、父さんと母さんは、わたしの部屋でお茶を飲みました。そして今ごろ、学校では数学の授業中です。そう思うと、わたしの幸福度は、まちがいなくぐんと上がるというわけです！

父さんが入ってきたとき、わたしはベッドで、イェルケルが貸してくれた雑誌を読んでたの。

父さんはそれを見て、ちょっぴり皮肉そうにいいました。

「そりゃいい！　どんどん雑誌を読むといい。現実の生活は、絶対《ぜったい》に雑誌のようにはうまくいかないってことがわかっていいよ！」

　そのあと、横になったまま、ほんとに父さんのいうとおりだ、と考えました。雑誌のヒロインのように何もかも完璧《かんぺき》にうまくいくなんて、わたしの人生では考えられません。

　雑誌のヒロインは何かができたり、何かを知ってたり、理解したりする必要なんてありません。かわいい笑顔と美しい脚《あし》さえあれば、すべてがうまくいくのです。ヒロインが看護婦ならば、病院のすてきな院長が、手術用のメスやら、そのほかの仕事の道具を投げ捨て、有能だけど美しい脚《あし》の持ち主ではないほかの看護婦たちに深くうらまれながらも、ヒロインに愛を誓《ちか》うのです。

　ヒロインが事務所に勤《つと》めていれば、速記原稿《そっきげんこう》の束のむこうにいる上司をうるんだ瞳《ひとみ》で見つめるだけで、その上司はたちまち、ヒロインが自分の子どもの母親として、また何百万クローネ（スウェーデンのお金の単位）もの財産を管理する女主人としてふさわしい、と思ってしまうのです。最後の、財産を管理する、というのがもっとも大切なことのようです。雑誌を信じるとすれば、女の子はできるだけ若いうちに夫を手に入れなくてはなりません。まるで命がかかっているかのように、女の子たちは男性をめぐって争います。男の人もかわいそうだけど、わたしはそんなこと、考えただけで疲《つか》れてしまうわ。

カイサ、秘密をひとつ話します。わたしは、いずれ大人になったら、どうしても結婚《けっこん》したいの。自分の家を持ち、モニカのようにふっくらしたチビちゃんがどっさりほしいの。でも、その前にまず、勉強したいのです。何かの仕事がちゃんとできるようになりたいの。男性の付録としてだけでなく、自分自身にも多少の価値がある、きちんとした人間になれるように努力したいの。仕事につきたいと考えています。カイサも忘《わす》れないように、このことをどこかに書きとめておいて！

だって、美しい二本の脚《あし》をあてにするだけじゃ、あぶなっかしいと思うから。また雑誌の受け売りですが、男の人をずっと引きつけておくのは、最初に手に入れるよりも、さらに骨の折れることみたいなんですもの。自分よりもっと美しい脚《あし》の持ち主が現れる、なんてことが起こるかもしれないし、そうなると困っちゃうでしょ？

できることなら、ジャーナリストになれるよう、がんばってみたいの。この目標を達成するために、がんばって、がんばって、がんばり抜《ぬ》くつもりだけれど、それでもうまくいかなかったら、まあ、しかたがないわ。ジャーナリストになるには、一次方程式にしても二次方程式にしても、方程式ができなくてもいいようにと祈《いの》っています。わたしにはすべての方程式が、三次方程式みたいにむずかしく思えるけれど、ここでは関係ない話ね。

これ以上、むずかしい話で困らせないことにしましょう。わたしもくたびれてきちゃった。さあ、夕暮《ゆうぐ》れがしのびよる中、窓の外で木々がザワザワいうのを聞きながら、横になって、暖炉《だんろ》の火でもぼんやり眺《なが》めていることにします。

すぐとなりの部屋で、モニカが歌っているのが聞こえてきます。

「ぼくのかわいいカルメンシータちゃん、羊毛をもってるかい?」

そして、イエルケルが大きな声で宿題の文章を読んでいるのも。

「おばあちゃんはすてきです。おばあちゃんはお母さんのお母さんです。おばあちゃんのバラは……」

ほかに聞こえるのは、暖炉《だんろ》で石炭がゴウゴウ燃える音ばかり。今、母さんがピアノでセレナーデを弾《ひ》きはじめました。

わたしはひどい風邪《かぜ》をひいて、みじめな気分です。でも、温かいレモネードを飲みながら、本当はとても心地《ここち》いいのです。

親愛の情をこめて。

ひどいはなみずたらしのブリットーマリより

十一月十日

親愛なるカイサさま！


今日学校からの帰り道、だれに会ったと思う？　あのスティーグ・ヘニングソンよ。スティーグは今日も、まるで町の半分は自分が支配している、といった態度でした。

「おやおや、こんなところでつれないブリット－マリに出会うとは！」

わたしはいってやりました。

「ほんとね。今日はどんな色の、見たこともないほど美しい瞳《ひとみ》を見せてあげましょうか？」

するとスティーグがいいました。

「相変わらず厳《きび》しいな。その厳《きび》しさをやわらげるのに、小さなケーキなどいかがでしょうか？」

わたしたちはちょうど、ヨハンソン・ケーキ店のまん前にいたんです。このお店のモカケーキがどんなにおいしいか、わかってもらえたら！　あまいものへの恐《おそ》ろしいほどの食欲ということで、スティーグについてお店に入ってしまったのも説明がつくというものです。おまけに、カイサの想像より短い時間で、三つもたいらげちゃったの。ところがその直後から、ちょっとおなかが痛みだしたこともあって、気持ちがひどく落ちこんできました。

そして、それだけじゃすまなかったの。ベルティルがのど飴《あめ》を買いに入ってきて、わたしたちが座っているのを見られちゃったの！　本当に絶望したわ。別にわたしとベルティルは、ほかの人とケーキを食べない、という協定を結んだわけじゃないのですが、それでも、ねえ！　相手がそんなことをするのはいやでしょ。ベルティルも、いやみたいでした。お店を出ていくとき、ひどく暗い目つきをしていましたから。

わたしはすごく悲しくなりました。突然《とつぜん》、自分はスティーグ・ヘニングソンなんか大きらいだということに気づき、のこのことスティーグについてケーキ屋さんへ入る原因となった、自分の食欲を呪《のろ》いました。でも、ケーキでおなかをいっぱいにして、大蛇《だいじゃ》のようにとぐろを巻《ま》いていたんじゃ、あとの祭り！　しかも、スティーグのおごりで。

もちろん、スティーグはお金に困っているようには見えません。見るからに、お金持ちの父親にあまやかされているのです。週ごとのわずかなおこづかいをけちけちと節約し、それだけでこの世の誘惑《ゆうわく》のすべてに対抗《たいこう》しようとしているわたしみたいな者が、むとんちゃくにお金を浪費《ろうひ》するスティーグのような人を見ると、ただただねたましくなってしまいます。

スティーグは、気持ちよさそうにタバコまで吸ったの。わたしが校長の娘《むすめ》で、告げ口することもありえるなんて、考えてもいないみたいに。タバコの煙《けむり》を吹《ふ》き出す合間には、この町のある家に招待されたんだけど、そのパーティがしょぼくれててさ、という話をしていました。

「全然楽しくなかったし、親までそろって家にいたんだぜ」

わたしはいいました。

「あら、この町では若い子もみんな、両親だって人間だと思っているのよ。世間知らずで遅《おく》れてるもんですからね」

これを聞いても、スティーグは皮肉な笑いを浮《う》かべただけでした。スティーグの話から、ストックホルムの若者のパーティはこことはまるでちがうのだということが、よくわかりました。スティーグの話が本当なら、夕べのお祈《いの》りのとき、特別にあなたをお守りくださいとお願いしておくわ、大好きなカイサ。あなたには、スティーグ・ヘニングソンとは別の種類の友だちがいるようにと、願っています。

わたしはケーキと後悔《こうかい》でおなかがいっぱいのまま、やっとのことで、よろよろと家にたどりつきました。家のやさしい雰囲気《ふんいき》で心が癒《いや》されますように、と期待しながら。

ところが、家にはやさしい雰囲気《ふんいき》なんてまったくなく、逆に、がんがんに緊張《きんちょう》した雰囲気《ふんいき》だったのです。父さんが、成績会議のあと帰宅したところだったのですが、スバンテは運悪く勉強で三つと、校則破りでもうひとつ、警告を受けてしまったんですって。父さんは怒《おこ》ってがなりたてているし、母さんは情けなさそうな顔をしているし、スバンテ自身もしょんぼりしていました。

夕食のテーブルに着いても、みんな黙《だま》りこくっていました。ポークソーセージのお皿を持って入ってきたアリーダは、心配そうにみんなを横目で見ていましたし、モニカは明らかにこの雰囲《ふんい》気《き》にうんざりしたらしく、こういいました。

「みんな、おはなししてよ。ほらっ、みんなでおしゃべり！」

けれども、墓場のような静けさは続きました。

ところがそれをうち破ったのは、張本人のスバンテでした。『プー横丁にたった家』（ミルン作。『くまのプーさん』の続編）の中の、灰色ロバのイーヨーの言葉を、口にしたのです。

「しかしながら、さいきん、地震《じしん》はありませんでしたな！」

すると、母さんがくすくす笑いだしました。つられて、父さんも思わず口もとをゆるめてしまいました。

それから、みんなでテーブルを持ちあげました。そのあとはソーセージもおいしくなったのですが、わたし自身は、三つのモカケーキのせいであまりおいしいと思えませんでした。

みんなが元気をとりもどすと、下のチビ二人が寝《ね》たあとで、父さんが残りの者を映画に誘《さそ》ってくれました。こういう場合、ほんとならスバンテは連れていかないんだが、と父さんははっきりいいましたが、スバンテが深く反省して、これからは真面目《まじめ》にやると約束したので、いっしょに行けることになったのです。

「きっと全科目、合格するよ」と、救いがたい楽天家のスバンテは調子のいいことをいっていましたが、父さんは、「スバンテはのんきだから、来年の五月の試験前になってからがり勉すれば大丈夫《だいじょうぶ》だと思っているんだろう」といいました。

母さんが帽子《ぼうし》を後ろ前にかぶって出ようとしたので、マイケンがいいました。

「まあまあ、校長先生の奥《おく》さま、そんなに浮《う》かれちゃだめですよ」

「ほんとに近《ちか》ごろの帽子《ぼうし》ったら」母さんはため息をつきました。「どっちが前でどっちが後ろか、見わけるのも楽じゃないわ、まったく」

それからみんなで出かけて、ついさっき帰ってきたところです。映画はアメリカの軽いコメディだったのですが、正直いって一番おもしろかったのは、年とった紳士《しんし》が、まるい大きな生クリームのケーキを少なくとも三回、顔にぶつけられたところです。戦争が始まってからというもの、映画のこんな場面もずいぶんめずらしくなっています。わたしはきゃあきゃあ声をたてて笑ってしまいました。

生クリームのケーキをぶつけるのが、どうしてそんなにおもしろかったのか、わかりません。でも、もし雑誌記者に、「あなたの秘密の夢をお聞かせください！」とインタビューされたら、わたしはこう答えるでしょう。「だれかの顔に、大きな生クリームのケーキをぶつけること」

これじゃ、戦争になるのも無理はありません！　人々の秘密の夢がこんなものばかりなら、ね。

ところで、わたしは最近、なかなか積極的なんです。口をはさまないでね！　黙《だま》って聞いてくれるなら、このあいだ仕事の口を見つけようとしたときのことを話すわ。つまり、アルバイトよ！「夜間働けるタイプの熟練者求む」って広告が、新聞に載《の》っていたの。広告主は、この町で新しくタイプ清書の仕事を始める事務所でした。

わたしは、おこづかいが少ないのが不満なのです。五人も子どもがいれば、それぞれに毎週たっぷりおこづかいをくれるわけにいかないのは、わかってるけれど。たぶん、わたしは感謝の気持ちがたりないのでしょう。ロンドンの路上に、だれにも面倒《めんどう》を見てもらえない、わたしなんかよりずっと援助《えんじょ》の必要な戦災孤児《せんさいこじ》が何千人もいることを、よく考えます。けれども、そう考えたからって、たくさんあるほしいものが減るわけじゃありません。

母さんはよく、物欲ほどひどい病気はないのよ、手に入れられないものはほしがらないことが一番の幸せよ、といっています。わたしは別に文句をいったりせず、あきらめることを上手に学んできて、たいていはそれでうまくいっていたのですが、新聞でその広告を見つけたとたん、わたしの中で物欲がむくむくと花開いてしまいました。タイプ教室に通いはじめたので、その授業料に払《はら》ったお金と、今ほしいと思っている薄《うす》いブルーのブラウス代くらいはかせげるチャンスだ、と思ったのです。

家族のだれにもいわずに、ある日の午後、そのタイプ清書屋の事務所へ行ってみると、あごに毛の生えたいぼがある、軍隊の司令官のような顔つきの女の人が応対してくれました。

「お嬢《じょう》さんがタイプの熟練者なの?」といって、その人は疑わしそうにわたしを見ました。

「はっ、はい、そうです。上級の熟練者です」わたしは明るく答えて、だれよりも腕《うで》がいいのよ、という顔をして見せました。

「じゃ、試し打ちしてみて、ここで」と、ひげいぼの女の人は、わたしをタイプライターの前に座らせると、自分はとなりの部屋へ行ってしまいました。わたしは仕事にとりかかりました。

　カイサも知っているとおり、タイプを打つときは、指をキーのまん中の列に軽くのせ、そこから近くのキーへとあっちこっち動かします。目はキーを見ず、原稿《げんこう》を見ます。指は、それぞれ打ち終えたら定位置に戻《もど》すというわけです。だけど、わたしは緊張《きんちょう》していたので、最初からうっかりまちがって、指をまん中ではなく、一番上の列に置いてしまったのです。そのまま一生懸《いっしょうけん》命《めい》にタイプのキーをたたき、機関銃《きかんじゅう》のようにパンパンパンと音をたてながら、となりの部屋にいるあの女の人が感心してくれてるといいけど、と思っていました。

　ところが、しばらくして自分が打った文章を見てみると、きれいな白いタイプ用紙には、次のような悲惨《ひさん》な文字が並んでいました。

Q55 Wh48fg uqwi8j O4 3u ui94 koyw5 w9u i7i
f34 okht……。

こんなたぐいの無意味な文字の羅列《られつ》です。おめおめと居残って、自分の失敗にも気づかないほど馬鹿《ばか》だと思われたくありません。もう望《のぞ》みはないことぐらい、わかりました。そこで、とっと退却《たいきゃく》するときが来たと判断し、さよならもいわず、ドアからそっとすべり出ました。

でも今になると、あのひげいぼの女の人が戻《もど》ってきて、Q5 Wh48fg uqwi8j O4 3u ui94……っていうタイプ用紙を見たとき、どんな顔をしたか見そこなったのは、きわめて残念な気がします。

今はもう、アルバイトはしないと決めました。薄《うす》いブルーのブラウスなんて、なくても全然かまわないし、うちの学校のやさしい女の先生たちが、夜にはゆっくり休めるようにと努力してくださっているのに、仕事を探すなんて馬鹿《ばか》げている、と思ったからです。

けれども、わたしは別のところから、清書の仕事を引きうけてしまいました。アリーダからです！

アリーダは、求婚広告《きゅうこんこうこく》に応募《おうぼ》したいというのです。でも、自分でひと晩じゅう汗水《あせみず》たらしてがんばってみても、「わたすは、かなりのデブで、なんにでもきょうみがあります」ぐらいの文しか書けなかったので、やむにやまれず、わたしのところへ来たのです。

まず最初に、ほかの家族には絶対《ぜったい》にしゃべらない、という誓《ちか》いをたてさせられました。わたしが誓うと、アリーダはこの件を切り出してきました。かわいそうなアリーダは、もうすぐ四十歳《さい》になるのですが、陽気で、いいお母さんになれそうな人です。わたしたちのために身を粉《こ》にするかわりに、自分の家庭を持ったほうがいいのでしょう。本人も、いよいよ今度こそ夫を見つけよう、ときっぱりと決心したらしいのです。

わたしたちはさっそく、求婚広告《きゅうこんこうこく》のひとつひとつにいっしょに目を通しました。その結果、二人の男……「自分で所帯道具をそろえた真面目《まじめ》な男」と「人生経験の豊富な男」にしぼって、協議に入っています。わたしは所帯道具つきの真面目男のほうがいいという意見ですが、アリーダは、人生経験の豊富な男が強く印象に残ったようです。経験豊富男は、「ここ数年、わたくしの家の暖炉《だんろ》のそばでおしゃべりをしてくれる、明るくてかわいい女の方を求めてきました」と書いていて、アリーダは、すぐにでもおしゃべりに精を出したいと燃えているのです。

でも、この男がそれほどいろいろ豊富に経験したというのは、これからずっとこの男のためにおしゃべりをする女にとって、そんなにいいことじゃないように思えるのです。だからわたしは、アリーダがもっとよく考えるように、そして真面目男のほうに好みを変えてくれるように、できるだけのことをするつもり。

お元気でね、そして今までどおり、ますますのご活躍《かつやく》を！

ブリットーマリ

十一月十七日

大好きなカイサ！

十一月の夕暮《ゆうぐ》れ、ストックホルムはどんなかしら？　きらきら光るネオンサイン、映画館やレストランに出入りする人々、明るく照らされ、思いっきり派手《はで》に飾《かざ》りたてられたショーウィンドー、という感じじゃないかしら？

こちらがどんなようすかも知りたいって？　たったひとことで答えられるわ。うんざり。そのひとことでたります。

午後、雨がっぱを着てゴム長靴《ながぐつ》をはき、ちょっと外出しました。雨はずっと降《ふ》り続き、十一月の薄暗《うすぐら》い雨の中、憂鬱《ゆううつ》そうに街灯《がいとう》がともっていました。まず、アンナスティーナのところへ行っておしゃべりでもしようと思ったのに、彼女《かのじょ》はおじさんちへ行ってしまっていました。わたしにいわずに行くなんてひどいわ、と頭にきて、また雨の中に飛び出しました。

ああ、うっとうしい、うっとうしい……十一月の大通りの雨の夕暮《ゆうぐ》れ！　ネコの子一匹《ぴき》見あたりません！　もちろん、おまわりさんのアンデションさんをネコの仲間に数えなければのことですが。雨がっぱのフードをかぶって歩いているアンデションさんは、憂鬱《ゆううつ》そうで、重病人のように見えました。

どのショーウィンドーも暗い中、マグヌッソン洋装店だけは灯《あか》りがともっていて、ショーウィンドーには、目もくらみそうな笑顔のマネキン人形が二体、並んでいました。もちろん、最新の秋の衣装《いしょう》に身を包んでいて、ものすごい迫力《はくりょく》です。マグヌッソン氏が着飾《きかざ》らせたのでしょうか？　いずれにしても、どんな服がすてきかという点で、マネキンに衣装《いしょう》を着せた人とわたしは、全然ちがう意見のようでした。

センスのちがいはしょうがないわね、と思いながら、雨宿りしようと、ヨハンソン・ケーキ店に入りました。わたしのもやもやした気分をさっと晴らしてくれる思いやりのある人が、ひょっとして見つからないか、と期待してのことでした。正直にいうと、わたしは目でベルティルを探していました。しばらく会っていなかったからです。それに、ベルティルに、モカケーキなんて本当は全然好きじゃないの、といいたかったのです。でも残念ながら、ベルティルはいませんでした。

かわりに驚《おどろ》いたことに、スティーグ・ヘニングソンとマリアン・ウッデンがいました。二人を見たとき、知りあいのデンマーク人の年輩《ねんぱい》の紳士《しんし》が若いカップルについていった言葉を、思い出してしまいました。「清らかとはいえないが、お似合いだよ！」というのです。

実際、スティーグとマリアンにぴったりの言葉でした。二人ともすてきな服に身を包み、自信たっぷりで、ちょっとものうげにきどっていました。わたしはあわてて二人にちょっと会釈《えしゃく》をすると、足早に店を出ました。それから、十一月の悪天候がつくづくいやになり、しかたなく家に帰ることにしました。

ああ、すてき、すてき……居間の暖炉《だんろ》の前に家族がそろうのは！

マイケンがみんなにお茶を入れてくれ、テーブルにオープンサンドイッチを並べると、父さんが大きな声でファルスタッフ・ファシール（スウェーデンのユーモア小説作家）の作品を朗読してくれました。それからみんなで輪唱をしました。

「わたしたちといっしょに森へ行きたいかい、行きたいかい、行きたいたいたいかい、ええ、ええ、もちろん、もちろん、もちろんろんろん、わたしは森へ行きたいわ」

歌い終わると、イェルケルがいいました。「こんな天気じゃないときにね」家族みんながいっしょにいてうれしい、という気分なのがわかりました。

そのあとみんなして、モニカを寝《ね》かしつけにかかりました。最初モニカはちょっと抵抗《ていこう》して、「もっと歌って」とねだっていたのですが、そのうち、白いシーツの上にちゃんと座って、夜のお祈《いの》りを始めました。神さまに、「母さんと、父さんと、マイケンと、ブリット－マリと、アリーダと、スバンテと、イェルケルはこの前あたしの髪《かみ》の毛をひっぱったけどイェルケルも、そしてあたしも、お守りください」とお願いしているところは、まるで天使のようでした。

「おやすみ、すてきな夢を見るのよ」と、みんなが部屋から出る前に、母さんが声をかけました。

するると、モニカはいいました。

「でもね、母さん、きのうの夜、あたし、きれいな夢を見たんだけれど、子ども用の夢じゃなかったから、よくわからなかったの」

みんなが笑ったので、モニカは憤慨《ふんがい》していました。

家族だんらんは、その後も続きました。母さんは、いかにも母さんらしい陽気な調子になってきました。父さんを見ながら、こんな楽しい歌を歌った母さんを、見せたかったほどよ。

どうして、わたしのうぶな心をねだったの、
どうして、あなたを愛するようにしむけたの、
どうして、あなたの愛はもう燃えていないの、
どうして、わたしを見捨てたの？

「おいおい、おばさん」といって、父さんは、独特の目つきで母さんを見ました。母さんを見るときにしかしない、とてもやさしくて、ほんのちょっぴりあまやかすような目つき。

そのあとで、母さんは若いころの話を始めました。母さんは今でも、けっしてよぼよぼの年寄りってわけじゃないのですが、父さんに出会う前のはつらつとした若いころ、という意味です。

そのころの母さんの話は、わたしたちの知るかぎり、もっともおもしろい話のひとつです。母さんが国の内外でやったさまざまなおかしなことときたら。あんなことをした人なんて、ほかにはいないでしょう。

この夜の話は、母さんがイギリスでオックスフォード行きの汽車に乗っていたときのことでした。そのとき母さんは二十歳《はたち》ぐらいで、スウェーデン人の女友だちといっしょでした。二人の若い女の子のまん前の席には、一人の紳士《しんし》が座って、タイム誌を読んでいました。

「前の人、すっごく格好いいわね」と母さんは、いつものとおり深い考えもなく、それにここではどうせだれもスウェーデン語なんかわからないとすっかり安心して、いったのです。そのうえ、こう続けてしまいました。なんて自信過剰《かじょう》で、勝手ないいぐさだったことでしょう！

「この人、典型的な英国紳士《えいこくしんし》ね、イギリス以外に国があるとは思ってないみたい！」

母さんの友だちがいいました。

「じろじろ見ちゃだめよ。自分のことをいわれているって、わかっちゃうわよ」

「絶対《ぜったい》に大丈夫《だいじょうぶ》」母さんがいいました。「こっそり観察してるだけだから。それに雑誌を読んでるんだから、聞こえてないし、見てもいないわ」

そこで母さんと友だちは、紳士《しんし》の外見を事細《ことこま》かにあげつらい、頭がよさそうかどうかにいたるまで、勝手なことをいいあったのです。

さて母さんは、このイギリス旅行に、毛皮のえりまきを持っていってたの。そのえりまきはみっともなくて、古くてすりきれていたので、母さんは「とぐろヘビ」と呼んで、すごくきらっていたんですって。首に巻《ま》くと、まるで囚《とら》われのお姫《ひめ》さまを見張《みは》っている、とぐろを巻《ま》いたヘビみたいだから、って。でも、用心深いおばあちゃんが、「イギリスの気候はあなどれないよ」といって、無理に母さんに持たせたのです。

イギリスに着いた最初の日からもう、母さんはこのとぐろヘビを、わざとどこかに置きわすれてやろうとしていました。ホテルやレストランに置いていったり、路上に落としたり、タクシーの中で首からわざとはずしたりしたのですが、このえりまきをどこかにやってしまうことは、どうしてもできなかったというのです。いつも最後の瞬間《しゅんかん》に、おせっかいな人がえりまきを手に追いかけてくるので、母さんはひたすらお礼をいって、いくばくかのチップを握《にぎ》らせるはめになったのです。

汽車が蒸気を上げてオックスフォードの駅に着くと、母さんはいいました。

「お母さんは、好きなことをいってればいいのよ。だけどわたしはずいぶん長いあいだ、このとぐろヘビのせいで苦労してきたんだから、もう今度こそおさらばよ」

そして母さんはえりまきをはずして、網棚《あみだな》の上に置いたの。

「じっとして、そこからぴくっとも動くんじゃないのよ！　さよなら、安らかにおやすみなさい！」

母さんたちは急いで汽車を降《お》りました。

そのあと、友だちがいくつか用事を片づけるあいだ、母さんは一人で通りで待っていたの。するとそのとき……だれが近づいてきたでしょうか？　なんと、雑誌を読んでいたあの英国紳士《えいこくしんし》じゃありませんか！　手に、母さんのえりまきを持っています。そして紳士《しんし》はとてもていねいにおじぎをすると、にっこり笑い、きれいなスウェーデン語でいったのです。

「とぐろヘビは、お持ちになられたほうがいいと思いますよ！　この季節の寒い夕暮《ゆうぐ》れは、体に毒ですから！」

カイサは、この紳士《しんし》がだれだかわかる？　父さんよ！

母さんは、オックスフォードですごしたその年の春ほどすばらしかった季節はない、といっています。そして夏になる前に、二人は婚約《こんやく》していたの。

母さんから、今までに何度もこの話を聞いたけど、全然聞きあきたりしません。ただわたしは、母さんが汽車で父さんのまん前に座ったとき、それが自分の伴侶《はんりょ》になる人だとすぐにわからなかった、というのが理解できません。

「だが、わたしはすぐに、運命の人だとわかったよ」と、父さんはうれしそうにいいます。

「そりゃ、父さんが母さんに会ったら、わかってあたりまえだよ」イェルケルがいいました。

「だれだってわかるよ。ぼくがいっしょに汽車に乗ってたら、とぐろへビをきっちりとめてあげたのにね、母さん！」

ところでそのあと、とぐろへビはどうなったと思うでしょう。きっと一人ぼっちで過酷《かこく》な運命をたどり、イギリスの田舎のどこかに捨てられたと思うでしょう？　ところがそうじゃないの！　とぐろへビは、新たな全盛期を迎《むか》えることになったの。母さんの婚約《こんやく》の日にも、とぐろへビはいっしょにいたし、意気《いき》ようようとスウェーデンへも連れて帰ってもらったのです。

今じゃ、防虫のためにたっぷりコショウをふりかけられて屋根裏部屋の箱の中におさまっていますが、毎年五月五日、父さんと母さんの婚約記念日《こんやくきねんび》には取り出されて、二人がお祝いの食事に出かけるときには、母さんの首に巻《ま》きついておともします。

みんなで話しこんでいるうちに、夜もずいぶんふけてゆきました。最後に母さんがピアノを弾《ひ》いてくれたのも、すばらしかった。いつかわたしも母さんのように上手に弾《ひ》けるようになりたいのですが、うまくいきっこないとわかっています。

スバンテはわたしに、ピアノがへただとわからせようと、いろんな手を使います。わたしはたいてい『楽しいピアノ教則本』の中の曲を弾《ひ》くのですが、その表紙の「楽」という字を、スバンテは太い赤線で消して、上に「苦」という字を書いたのです。

「苦しいピアノ教則本、のほうが、より真実に近いだろ」と、わがいとしの弟はいいました。たぶん、スバンテのいうとおりなのでしょう。

さあ、そろそろベッドに入って、『デイビッド・コパーフィールド』を一章ぶん読むことにします。もしもジョン・ブルンド（子どもの目に砂をふりまいて眠りに誘う妖精）がやってきて邪魔《じゃま》をしなければね。けれど、もうあくびが出ているので、どうなるかはお楽しみ。

毎晩ベッドで寝《ね》ながら本を読むなんて、よくないくせです。でも、すごく、すごくいい気分なんですもの！

おやすみなさい、カイサ、よき眠《ねむ》りを。そして、モニカみたいに未成年おことわりの夢を見ないでね。

生真面目《きまじめ》な友より

十一月二十八日

親愛なるカイサさま!

十一月も、もうすぐ終わり。ありがたいこと! わたしは一年じゅうほとんどどの月も好きですが、十一月だけは、どうも相性《あいしょう》が悪いみたいです。

イギリスの本を読むと、若い女の子たちがよく最悪の天候の中、外に出て、顔を雨に打たせて流れるがままにしては大げさに喜び、しかもその肌《はだ》は美しくなる、などという場面がありますが、きっとイギリスで降《ふ》っているのは、ここのとは全然別の雨なんでしょう。

わたしは馬鹿正直《ばかしょうじき》に、二、三度やってみたのです。朝学校へ行くとき、土砂降《どしゃぶ》りの雨の中、イギリス人のつもりになって顔を雨に打たせてみたのに、うまくいきませんでした。学校に着いて、期待に震《ふる》えながらポケットの手鏡をのぞいてみると、リンゴの花のような肌《はだ》になっているはずだったのに、鏡の中からは、凍《こお》りついたようなまっ青な顔がこちらを見ていたのです。だからもう、雨できれいになろうなんて思うまい、と心に決めました。今では、雨の中を歩くときには、道路を渡《わた》る小さなハタネズミのように、傘《かさ》の下で体をまるめています。

この時期は、学校でも特別楽しいことはありません。来る日も来る日も朝から電気をともさなくちゃいけないし、窓の外を見ても、おもしろいことなんてちっともありません。授業に気持ちを集中するのも、すごくむずかしくなります。

　ロシアのヴォルガ川の支流の名前を習っているまっ最中に、わたしの目は世界地図の上をさまよい、忘《わす》れられたような小さな南の島々に吸いよせられます。たとえば十一月のちょうど今ごろ、珊瑚海《さんごかい》（南太平洋の一部で、オーストラリアとパプアニューギニアにはさまれた部分の海）のダイアナ諸島で暮《く》らすなんてどうかしら？　おなかのまわりに小さな腰布《こしぬの》だけを巻《ま》きつけて、歩きまわるの。わたしはクラスの人たちを見まわして、今着ている立派《りっぱ》な学校の制服のかわりに腰布《こしぬの》を巻《ま》きつけたらどんなふうに見えるか、想像してみます。

　マリアンはきっと今と同じようにきどってみせて、ダイアナ諸島のかわいそうな男の子たちを大いに悩《なや》ませるでしょう。でも、小さくてころころしているブリッタ・スベンソンは、腰布《こしぬの》を巻《ま》いた姿じゃなくて、ドイツ南部のバイエルンの民族衣装《みんぞくいしょう》のほうが似合いそうだし、リーサ・エングルンドはシベリアの犬ぞりに乗って、オオカミの毛皮にぶあついブーツを身につけ、ツンドラの氷原で獲物《えもの》を追っかけているほうが絶対《ぜったい》に似合うにちがいありません。リーサは男っぽいタイプなんです。

　ああ、地理の授業中にヴォルガの支流のことを考えなくてすむような、もっとおもしろいことってないかしら！　けれどそのあとで先生にあてられて、一番小さな支流の名前がどうしても出てこないとなると、ぼんやり空想にふけっていたせいでしかられることになります。

先生のルンドストレム嬢《じょう》に面とむかって、そんな支流のことなんか全然興味ないから、もっと楽しいこと、ダイアナ諸島のことでもしゃべらせてください、なんていえないしね。そんなこといったら、先生のパグ（チンやブルドッグに似た、中国原産の小型犬）に似た立派《りっぱ》な顔が、きっと不機嫌《ふきげん》にゆがんでしまうでしょう。まったく、先生は笑っちゃうほどパグに似ていて、吠《ほ》えだささないのが不思議なくらいです。いえ、先生もときどき吠《ほ》えはするのですが、ちゃんと「ワンワン」というのが聞きたいの。

休み時間、雨でなくても、とても寒くて校庭に出られないような天気だと、みんな廊下《ろうか》にたむろして、押《お》しあいへしあいになります。近ごろマリアンはいやに親しげで、休み時間には必ずわたしに寄ってきます。たぶんマリアンは、自分とはちがうものの見方をする人といっしょにいるのもたまにはおもしろい、と思っているのでしょう。

カイサ、以前マリアンが思いついたこと、覚えてる？　十四日間、ブリッタ・スベンソンをみんなで無視しようっていう話。あれは、結局とりやめになったのです。わたしはちょっぴり鼻が高い気分です。それにマリアンも、心の底はけっこうやさしいんじゃないか、という気がしてきました。

先日も、マリアンはなんとなくそばに来て、とてもきれいな装丁の『巡礼《じゅんれい》と遍歴《へんれき》の歳月《さいげつ》』（スウェーデンの詩人でのちにノーベル文学賞を受賞したベルナール・ヘイデンスタムの処女詩集）をくれました。わたしはかなり驚《おどろ》きました。

でもカイサも知ってるとおり、本というのは、わたしを誘惑《ゆうわく》するには一番いいえさなんです。

いつかわたしがすごく凶暴《きょうぼう》になり、だれもそばに近寄れなくなったとしても、鼻の下に本を差し出しさえすれば、すぐおとなしくなり、子どもにも危険じゃなくなること、うけあいです。

ところで、もうすぐマリアンのお誕生日です。マリアンの下宿のおばさんはいい人で、ちょっとしたパーティをしてあげようと、約束してくれたそうです。わたしたち女の子だけでなく、男の子も何人か招《まね》かれています。そりゃもちろん、ベルティルもよ！

そうそう、ついこの前の夜、ベルティルといっしょに散歩して、モカケーキの件は落着しました。

「お互《たが》いに仲よくしようと思ってれば、大丈夫《だいじょうぶ》だよな」とベルティルがいったので、わたしも賛成しました。

ベルティルは、わたしの知ってるかぎりもっとも信頼《しんらい》できる男の子で、いっしょにいると、こちらも信頼《しんらい》される誠実で純粋《じゅんすい》な人になりたい、という気がします。ベルティルは同年代のほかの男の子にくらべて、真面目《まじめ》です。たぶん、小さいころから、たくさんいやな目にあってきたからだと思います。両親は離婚《りこん》していて、ベルティルは十歳《さい》のときに、お母さんと妹といっしょにこの町に越《こ》してきました。お父さんは、そのすぐあとで再婚《さいこん》しました。

「もしもぼくに子どもができたら、自分の子どもたちは、両親と離《はな》れることのないようにしてやるんだけどな。ぼくの努力でそうできるなら」と、ベルティルはいいます。青い瞳《ひとみ》のまなざしがとてもきりっとしていて真剣《しんけん》なので、わたしは感動してしまいます。

「誠実だってことは、何にもまして大切だ」とベルティルがいうと、わたしも、そのとおりだと思うのです。ベルティルがほかの同じ年の子より大人っぽく見えるのは、そんなに不思議ではありません。長いあいだ、一家でただ一人の男としての責任をになってきたのですから。ベルティルのうちは三人きりだけど、すてきな家庭です。あれほどお母さんや妹のことを考えている人は、めったにいません。

父さんもよくいっています。

「あのベルティル・ヴィドグレンってのは、いい青年だな！」

すると不思議なことに、わたしまで、ちょっと誇《ほこ》らしい気持ちになります。実際には、わたしがいばる理由なんて何もないのにね。「他人の名誉《めいよ》を自慢《じまん》することなかれ。何人《なんぴと》も自慢《じまん》していいのは、自分のことのみ」ってことわざくらい、カイサも知っているわよね。

そのほか、ベルティルのいいところは、いつも何か真剣《しんけん》に話すことがあるところです。どうでもいい、くだらない話をするだけじゃないの。カイサのいるストックホルムじゃどうかわかりませんが、わたしの町では若い子たちが集まると、まあ、みんなくだらないことばかり、しゃべりまくっているのです。ふざけて馬鹿笑《ばかわら》いをして陽気におしゃべりするのは、それはそれですごく愉快《ゆかい》なんですが。でもね、どんなに愉快でも、たまには何か意味のあることを話したいと思うし、いつもいつも冗談《じょうだん》やふざけたことばかり、いっていたいとは思わないでしょ。「あの連中は、おしゃべりの技術がちょっと発達しすぎているんだな」と、ベルティルはよくいいます。「そして黙《だま》るほうの技術は、完全に退化してるんだ」

川のほとりをベルティルといっしょに歩きながら、互《たが》いに長いあいだ黙《だま》っていることがありますが、全然気づまりな感じはしません。自然の中では、ベルティルはなんにでも生き生きとした目をむけるので、いっしょにぶらぶらするだけで、とても楽しいのです。

ベルティルは、わたしが知らない鳥や植物の名前をたくさん知っているし、ちょっと見には枯《か》れた草にしか見えない鳥の巣を見つけたりします。毎年、春に青いミスミソウを最初に見つけるのはいつもベルティルだし、わたしが林の中で、小さくて丸い茶色の塊《かたまり》をいくつか発見すると、ベルティルはすぐに、それはウサギの残していった挨拶《あいさつ》だよ、と教えてくれます。

はいはい、カイサはきっと、ベルティルの話はもうたくさん、って思っているんでしょう。もうこれ以上あれこれいうのはやめにして、心からのご挨拶《あいさつ》でもって、この手紙を終えることにします。

ブリットーマリより

アドベント（降臨節。クリスマス前の四回の日曜日を含む時期で、クリスマスの準備が始まる）の最初の日曜日

親愛なるカイサさま！

アドベントになりました。ストックホルムはどんなお天気かしら？　雪が積もってないといいけど。そちらに雪があったりしたら、きっとやきもちでまっ青になっちゃいます。

といっても、こちらも、アドベントの天気としては、別につべこべ文句をいうすじあいではありません。たしかに雪はないのですが、木々は霜《しも》でおおわれ、小さな赤い冬の太陽が、もやのかかったような空でがんばっているからです。必ずしもちゃんと輝《かがや》いているとはいえませんが、がんばってくれているのを見ると、とりあえずうれしくなります。

今朝は家族全員が早く起きて、アドベントの最初のロウソクに火をともしました（アドベントの期間中、四本のロウソクを立て、日曜日ごとに一本ずつ順に火をともしていく）。母さんがピアノを弾《ひ》き、みんなで『もろびとこぞりて』を歌いました。するとと急に、クリスマスは本当にもうすぐなんだ、と感じられてきました。クリスマスって、暗い十二月に光り輝《かがや》く大きなたいまつのようなものだと思います。最初のアドベントの日曜日に、このたいまつが遠くに見えるようになり、それからは毎日、少しずつ近づいていくのです。たいまつがもっとも明るく輝《かがや》き、心の奥深《おくふか》くまで温めてくれるクリスマスイブになるまで。

朝食のあと、スバンテとわたしとイェルケルは、元気に散歩に出かけました。森を通《とお》り抜《ぬ》けて

シェシュフルトのほうまで行きました。どんなにきれいだったかをカイサにお伝えしたいのですが、どれほどがんばっても、うまく書けるとは思えません。ダイヤモンドが見たい人は、白い霜《しも》におおわれて輝《かがや》くあの木々を見ればよかったのよ！

イェルケルは、まるで犬みたいに茂《しげ》みの中をあっちこっち走っていたので、スバンテとわたしのだいたい倍は歩いたはずです。

シェシュフルトのはずれにある古い廃屋《はいおく》へ、三人で行きました。毎年夏に、ライラックや古いごつごつしたリンゴの木に花が咲《さ》くころは、本当にきれいなところです。かつてはここに人が住み、リンゴの木を植え、小屋で暮《く》らし、まわりを耕していたのに、今では住む人もなく荒《あ》れはてていることを考えると、もの悲しい気持ちになります。リンゴの木を買ってきてここに植えたお百姓《ひゃくしょう》さんは、自分の子どもや孫やひ孫《まご》がいついつまでもここに住み、古いリンゴの木がだめになれば新しいのに植え替《か》えてくれることを望《のぞ》んでいた、と思わない？

小屋の入口には鍵《かぎ》はないので、中に入ってみました。部屋のすみっこにはクモの巣が張《は》っていて、窓枠《まどわく》はみんななくなっていました。そして床《ゆか》はたくさんの人々が歩いたために、見るからにすりへっています。中は部屋がひとつと台所だけで、部屋には見たことがないほど大きな暖炉《だんろ》がありました。窓の外に夕闇《ゆうやみ》が壁《かべ》のように立ちはだかり、お母さんが夕べのおかゆを作っているあいだ、はなみずをたらした子どもたちがどんなにたくさん、この暖炉《だんろ》の火の前に座って、足を温めたかしれません。

はしゃいですみずみまで見てまわっていたイェルケルが、突然《とつぜん》、洋服だんすの中で見つけたといって、古い手紙の束を持ってきました。どれも、アメリカ合衆国《がっしゅうこく》のミネソタ州ダルースというところからの手紙でした。一八八五年という古い日付のものだったので、中を読んでも、悪いことをしたという気にはなりませんでした。

手紙は、ヒルマ・カールソンという女の子が、シェシュフルトに住む父親と母親にあてて書いたものでした。合衆国《がっしゅうこく》では暮《く》らしむきはかなり楽だけれど、仕事はきつく、お金《マネー》は全然たまらない、と英語まじりで、ヒルマは書いていました。そして、母親の作るひきわり麦入りのソーセージが恋《こい》しくてたまらない、というのです。まったく、ヒルマったら、あなたはアメリカで何をしてたの？　心安らぐわが家にいて、ひきわり麦入りソーセージをのんびりとおなかがはじけるまで食べることもできたのに。そしたら、お父さんとお母さんが孤独《こどく》のうちに死ぬことはなかったし、シェシュフルトも、今のように廃屋《はいおく》になったりしなかったでしょうに。でも、きっとヒルマが貧しさから抜《ぬ》け出すには、アメリカに移住するしか方法がなかったのでしょうね。

わたしたちは家に帰りました。そのあと午後、浴槽《よくそう》で、木の皮で作ったボートを浮《う》かべて遊んでいたイェルケルが、ころんで耳の上を大きく切ってしまいました。マイケンがイェルケルを病院へ連れていき、縫《ぬ》ってもらいました。イェルケルはばんそうこうの上から細いかわいい包帯を巻《ま》いてもらって帰ってくると、まるでわれこそ勇者だというように、いばっていました。それなのに一方では、今週いっぱい、休み時間に教室から出ないことにした、というのです。

「いったいどうして外へ出ないのよ」と、わたしは聞いてみました。「何も都合の悪いことはないでしょう?」

「まさか、本気でいってるの?」イェルケルが憤慨《ふんがい》していいました。「小学校がどんなふうか、ちっともわかってないんだから。もしも明日、休み時間に校庭へ出たりしたら、家に帰るころにはこの耳はすっかり取れちゃってるよ」

ちっちゃなあばれん坊《ぼう》のいうとおりかも。たしかに、低学年の男の子たちはよく激《はげ》しいつかみあいをしています。ついこのあいだも、小学校のそばを通りかかったら、イェルケルが「戦え、勝利を奪《うば》え!」と、ときの声をあげながら、とっくみあっている五、六人の男の子の塊《かたまり》の中へ、頭からつっこんでいくのを目撃《もくげき》しました。やはり、休み時間はとりあえず、中にいたほうが安全でしょう。

さて、小さな町では、ほかにお話しするような目新しいことはありません。

そうそう、もしカイサが興味があればお話しするけど、わたしたち、本当にマリアンのパーティへ行ったの。でもその夜の収穫《しゅうかく》は、お茶にオープンサンドイッチ、それにスティーグ・ヘニングソンとのちょっとしたいざこざくらい。いざこざは、スティーグとベルティルのあいだであったのですが、こんなふうだったの。

パーティが始まる前、スティーグが玄関の鏡の前にいやに長いこと陣取《じんど》っていたの。ネクタイを直したり、髪《かみ》をとかしたり、自分の姿を映しては、しごく満足そうにしているものだから、ある男の子がちょっとからかうようにいったの。

「ちぇっ、いつまで鏡を見てるんだよ！」

すると、スティーグはいい返しました。

「ああ、地上の花が自分の美しさを喜ぶように、おれも自分の美しさを喜んでいるのさ」

すると、ベルティルが横から口をはさみました。いかにもそっけない調子で。

「そんなことで喜べるやつがいるとは、おもしろいもんだな！」

もっと気のきいたせりふもあっただろうとは思います。でもとにかく、スティーグがかなりぺしゃんこになったのはよかったわ！　スティーグはマリアンと同じ下宿なので、当然のごとく招待されていたのですが、そうじゃなかったらマリアンも、かわりにもう少しましな男の子をよべたことでしょうに。

マリアンが送ってもらったプレゼントは、すばらしいものばかりでした。工場主であるお父さんと、お母さんが、娘《むすめ》の十五歳《さい》のお誕生日のためにと、できるかぎりのことをしたのがよくわかりました。たとえばブタ皮の小型の旅行カバン、洗濯《せんたく》のきくとてもきれいなシルクのパジャマ二着、赤いマニキュアセット、すごくきれいな銀の腕輪《うでわ》、現金が二十五クローネ、シルクのストッキングが三足などです。けれど、本は一冊もありませんでした。

わたしなら、マリアンがたった一回のお誕生日でもらったくらいたくさんのプレゼントをかき集めるには、少なくとも五回はお誕生日を迎《むか》えなくてはならないでしょうが、そんなことはいいの！　わたしなら、お誕生日なのに一冊の本ももらえなかったら、世の中いったいどうなっているのかと、真剣《しんけん》に考えてしまうでしょう。

そのあとのパーティは楽しく、みんな思いきりはめをはずしました。最初はダンスをしていたのですが、そのうちみんな子どもに戻《もど》って、目《め》隠《かく》し鬼《おに》や求婚《きゅうこん》ごっこをして遊びだしたので、ダンスはやめになったの。こんなの、聞いたことあって？

「即興《そっきょう》スピーチクラブ」という遊びもしました。ベルティルは「ペンギンの精神生活とカルマル連合（一三八九～一四三四年のあいだ、スウェーデン、デンマーク、ノルウェーの三国が同じ王のもとに形成した国家連合）の比較《ひかく》」というタイトルで、なかなかおもしろいスピーチをしました。わたしは「ハムについて」のスピーチをしたのですが、そんなにうまく話せたとはいえません。それにしても、あまりにも馬鹿《ばか》げたタイトルだと思わない？　スピーチがうまくいかなかったいいわけとしては、「クリスマスのハム」（クリスマスのごちそうにはかかせないもので、ブタのモモ肉のハムを、大きな塊のままテーブルに並べたりする）にあまりにもしつこくこだわってしまったからだといえるでしょう。

さてカイサ、すぐにも何か縫《ぬ》うとか、かぎ針《ばり》で鍋《なべ》つかみを編《あ》むとか、はぎれや使っていないテ

大真面目《おおまじめ》に、と、クリスマスプレゼント作りにとりかかったら、クリスマスクロスに刺繍《ししゅう》をするとかして、
目《め》におせっかいな忠告をして、おしまいにします。そうすれば、この北国にも本当にクリスマスがやってくるんだと実感できるでしょ？

ブリットーマリ

十二月十四日

おーい、ペンパルさーん！

カイサは、今年もストックホルムのルシア姫《ひめ》（スウェーデンでは、十二月十三日の聖ルシアの祝日を、ルシア姫に扮した女性を中心にして祝う）にならなかったの？　カイサ、カイサ、いったいどうしてなの？　送ってくれた写真で見るかぎり、カイサはロウソクを頭に飾《かざ》った光のお姫《ひめ》さまにぴったりで、ぜひルシア姫《ひめ》になってとお願いしたいほど、きれいで愛らしいのに。コンテストに参加しなかったって？　それじゃ、ゆうべ、ペンダントや白いウサギの毛皮のコートで着飾《きかざ》ってストックホルムの街の中をパレードするルシア姫《ひめ》になれなかったのも、しかたないわね。

わが家でも、相当力を入れてルシア祭のお祝いをしました。われらがルシア姫《ひめ》は、アリーダです。アリーダは、一番上等の刺繍《ししゅう》入りの白いネグリジェに身を包みました。わたしは以前からなんとなく、ルシア姫《ひめ》というのはほっそりしていると……少なくとも体重が九十キロもあったりはしないと、想像してしまいがちでした。でも、どうもこれは誤った古い考え方にちがいないので、なんとかそう思わないようにしなくちゃ。

とにかく、アリーダが朝早く、天井《てんじょう》が吹《ふ》っとぶほど力強く重々しい声で、『サンタルシア・光の美しい幻影《げんえい》』を歌いだしました。たとえちょっと調子はずれだったとしても、その声で目を覚《さ》まし、濃《こ》いコーヒーと焼きたてのサフラン入りの甘《あま》いパンとシナモンクッキーをベッドまで持ってきてもらうと、じつに心が温まり、いい気持ちになりました。

アリーダの後ろから、大きな体の陰《かげ》にすっぽりと隠《かく》れて、小さな「星の男の子」（ルシア姫にしたがう男の子の役）になったイェルケルが、三角帽子《さんかくぼうし》をかぶってやってきました。これほど歯が抜《ぬ》けている星の子もめずらしいでしょうよ。この前また二本、すっぽり抜《ぬ》けたんです。子どものころ、歯が一度にこんなにたくさん抜《ぬ》けたことなんて、わたしは覚えていませんが。とにかく、イェルケルが星の男の子の役をきっちりやっていたことはたしかです。

コーヒーを飲み終わると、わたしはアリーダの後ろからこっそりとついていきました。ルシアを見たときの、モニカの顔が見たかったからです。もちろん、モニカは空からころげ落ちたみたいに驚《おどろ》くだろうと想像していたからですが、実際はまるでちがいました！

モニカはベッドの上に座って、しばらくじっくりアリーダを見ていたのですが、それからいたって落ち着いて、こういったのです。

「頭にロウソクがのっかってるわよ！」

それだけでした。

アリーダが、『サンタルシア』を五回ほどがなり終えると、みんな、この歌にすっかりあきてしまいました。そこで、みんなで『スタファンはうまや番』を歌い、そのあとはいやいや学校へ行く時間になりました。

通りはどこもまだ暗かったのですが、ほとんどの窓にロウソクがともっていました。コーヒーをつめた魔法瓶《まほうびん》を入れたかごをさげて行き来している人も、たくさんいました。小さい町ではルシア祭のお祝いをいいかげんにしているなんて思わないでね、そんなことないんだから！

わたしは家を出るのが遅《おく》れたので、最後のほうは走らなくてはならなかったのですが、学校の鐘《かね》が八時を打ったと同時に、はあはあいいながらも校門にすべりこみ、セーフ。校長先生の朝の礼拝にまにあいました。先生はほとんどいつも、ご自分で礼拝をなさいます。だれかほかの人がすると、一日がまともに始まらないような気がするほどです。

わたしは校長先生の落ち着いた声や、わたしたちみんなを見まわすときの考え深そうな目が好きです。校長先生はわたしのことを、親切な子だといってくださっていますが、先生が思ってくれているくらい親切になりたいと、心から願っています。先生はすばらしい教師ですが、それ以上に、いい人なのです。父さんは、「いい人だけどへたな教師か、悪い人だけど教えるのがうまい教師か、どちらか選ばなければいけないとしたら、迷わず前者を選ぶよ」といっています。校長先生は、やさしい女の人のうえに、教えるのがうまいので、わたしたちはすごく幸運だといえるでしょう。いつか何か困ったことに出会って、父さん母さんの助けが得られないとすれば、わたしはそくざに先生のもとに駆《か》けつけるでしょう。

礼拝堂はロウソクで美しく飾《かざ》られていましたし、各教室にもロウソクがともっていました。このように一日の始まりはお祝い気分だったのですが、終わりも同じく、お祝い気分でした。というのは、夕方、男子高の講堂で「赤十字協会の夕べ」があったからです。

プログラムの中に、春に「子どもの日劇場」で上演した短いお芝居《しばい》の再演がありました。スバンテとわたしはこの劇で役がついていて、おまけに、わたしがスバンテにかなりたっぷりおしおきをする場面もあるのです。わたしはとても熱心に、意気《いき》ごんでその役目をはたしました。一方スバンテは、観客からは見えないところに立つたび、ものすごく変な顔をあれこれして見せては、わたしが笑いだして失敗するようにしむけていました。そして、実際にわたしはくすくす笑いがまったくおさえられなくなったまま、「公爵夫人《こうしゃくふじん》は木曜日に埋葬《まいそう》されます」という悲しいせりふをいってしまったのです。でも、お芝居《しばい》が終わってから、演出《えんしゅつ》の先生は、悲しいせりふのあとのわたしのおしおきの場面が真にせまっていた、とほめてくださいました。

そのうえ、スバンテにはばちがあたりました。つまりスバンテは、「おまえの行く手には、危険が待ちぶせているぞ！」といおうとして、失敗したのです。たぶんあまり長いこと妙《みょう》な顔をしていたせいで、舌がもつれて、「おまえの行く手には、喜劇が待ちぶちぇているぞ！」といってしまったというわけ。

これを聞いたわたしは、しばらく後ろをむいて、何かすごく悲しいことを考えなくてはなりませんでした。スバンテがセリフをとちったことは、さいわい観客には気づかれていないようだったので、わたしは笑ったりできなかったの。でも、次にスバンテがわたしをからかったら、こういってやろうと思うの。脅《おど》すようにこぶしをふりあげて……。

「気をつけなさい！　おまえの行く手には、喜劇が待ちぶちぇているぞ！」

劇が終わると、歌が何曲か続きました。歌ったのは二人のご婦人でしたが、きっとお互《たが》いに、髪《かみ》のひっぱりあいをしたい気分だったことでしょう。一人は美しい声をした音楽の先生で、女学校と男子高の両方で教えています。もう一人は、どれだけひいきめに見ても美しい声とはいえないけれど、信じられないほど意志の強い人で、男子高の美術のアールベリィ先生の奥《おく》さんでした。

アールベリィ夫人が、家の中でどこにたんすを置くのかにいたるまで、なんでも自分一人で決めているのはたしかです。ご主人のアールベリィ氏は、ひたすら気弱で、美術の先生としてもはなはだおとなしく、ただ奥《おく》さんにしたがうだけの人なのです。アールベリィ夫人は、自分は歌がうまいというまったくまちがった考えにとりつかれているうえに、いったん歌いはじめると、聴《ちょう》衆《しゅう》が死にたくなるまで歌い続けると知られていたことから、この会の実行委員会は、音楽の先生のアンデション嬢《じょう》に出演《しゅつえん》依頼《いらい》をしたのです。

ところがそれを聞いたとたん、苦悩《くのう》でいっぱいになったアールベリィ夫人は、傷ついた雌鹿《めじか》のような悲嘆《ひたん》にくれた目つきをして、赤十字の実力者である母さんのところへすごい勢いでやってきて、午後じゅうずっとわが家に居座り、アンデション嬢《じょう》の悪口をいい続けたのです。

でも、うちの母さんにだれかの悪口をいったって、それはまるでベンガルトラにラスク（固いビスケット）を食べさせようとするようなものです。同じくらい無意味ってことよ。アールベリィ夫人がアンデション嬢《じょう》についてちくちくとしんらつなことをいいはじめると、母さんはすぐに、何かとても大げさな話を始めました。わたしはとなりの部屋にいて、そのようすをおもしろく聞いていました。アールベリィ夫人が何をいっても、母さんはいつも、現代人の倫理《りんり》や道徳とかいったことにうまく話題を変えてしまうのです。それでもアールベリィ夫人があきらめなかったので、ついに母さんはいいました。

「じゃ、お二人でデュエットをなさったらどうかしら？」

アールベリィ夫人が憤慨《ふんがい》して叫《さけ》びださなかったのは、驚《おどろ》きでした。夫人は、ひどく不気味な調子でこういっただけでした。

「わかりました。冗談《じょうだん》にしてしまおうというおつもりなのね！」

そして、ようやく夫人が帰っていくと、母さんはソファで足を伸《の》ばしていいました。

「フゥー！　歌というのは、人を上品にするものねえ！」

けれども、母さんがさすがにアールベリィ夫人を気の毒に思ったせいか、結局、夫人も歌えることになったのです。

「夫人に歌ってもらうのはさしつかえないんだけれど、むずかしいのは、歌い終わってもらうことよね」

中でも夫人が、メリカント（オスカル・メリカント。スウェーデン系フィンランド人の作曲家）作曲の『シラカバがさわさわと歌うところで』を歌ったときといったら……感情をこめて思いきりビブラートをきかせていました……「お互《たが》いに人生をすばらしくいたしましょう」。客席に座っていたアールベリィ先生は、何を考えていたのかしら。

「お互《たが》いに人生をだいなしにいたしましょう」と、舞台《ぶたい》のそでで幕の後ろに立って聞いていたスバンテが、ぶつぶついっていました。

ねえ、もうすぐ今学期も終わりね！　しばらくは宿題もなく家のことにうちこめるなんて、とってもうれしいわ。マイケンはすでにクリスマスにそなえて動きだしていて、アリーダに手伝ってもらいながら、家じゅう上を下への大騒《おおさわ》ぎよ。マイケンは、汚《よご》れたままの窓や、ロウで磨《みが》かれていない床《ゆか》や、顔が映るぐらいぴかぴかになっていない銀のナイフが残っていると、ちゃんとした本物のクリスマスが来ない、と信じているのです。

お元気でね！　クリスマス前に、お互《たが》いたぶんもう一度書けるわね。

ブリット－マリ

十二月二十二日

親愛なるカイサさま！

牛乳一リットル、グラニュー糖大さじ二杯《はい》、コーンスターチ大さじ三杯《ばい》、それに卵を三個混《ま》ぜあわせると、何ができるでしょう？　料理の本によると、カスタードクリームができるはずなのですが、そうはならず、何か糊《のり》みたいなものになっちゃいました。で、家族の者は、これがデザートだとは認《みと》めてくれなかったの。そろっていやがって、残したのです。ブタと同様、なんでも食べるイェルケルだけは別ですが。

でも、あまりにひどいでしょ！　終業式のあと、まっすぐ家に帰ってきて、若い情熱のすべてをかけてはりきって家事をお手伝いしたっていうのに、その結果たるや……糊《のり》ですって！　もっとも親しい人たちに嘲笑《ちょうしょう》され、侮辱《ぶじょく》されて。とりわけスバンテったら、その糊《のり》を味見したあとで、こんなことを聞いてきました。

「どこに載《の》ってたんだい、このすごい作り方？」

「いつもの料理の本よ、そんなに知りたいならね」わたしはいらいらと答えました。

「本当にあの本かなあ。こんなの、絶対《ぜったい》に載《の》ってないと思うけど」と、スバンテはいいました。

そのあとで、マイケンがシナモンクッキーを焼くのをわたしが手伝おうとすると、スバンテのやつ、こういったのです。

「あぶないまねはやめろよ、マイケン！　ブリットーマリにはコップを磨《みが》かせるか、薪《まき》を運ばせるだけにしておくんだ。でないとシナモンクッキーに、砂糖《さとう》のかわりに砒素《ひそ》を入れちゃうぞ！」

「あっ、そう。おまえの行く手には、喜劇が待ちぶちぇているぞ！　スバンテ、安心していいわよ。あんたのために砒素《ひそ》を使ったりなんかしないから。ただ殴《なぐ》り殺すほうが安くつくもの」と、わたしはいってやりました。

そして、スバンテを少しおとなしくさせようと、みごとな右フックを決めたのですが、まるで効果なし。スバンテは笑っただけでした。そこで、わたしも笑ってしまうことにしました。

「あんたたち、けんかしないでよ」マイケンはいうと、大きな戦場で指揮《しき》をとる将軍のように、歩きまわっては、わたしたちがまばたきするあいだに、次の仕事をいいつけはじめました。

スバンテとイェルケルは、クリスマス休暇中《きゅうかちゅう》じゅうぶんまにあうだけの薪《まき》を家に運び入れますし、わたしはシナモンクッキーを焼きますし、モニカは、どんな変てこな形にして焼いてもいい、自分用の小さなシナモンクッキーの生地《きじ》をぴしゃぴしゃたたいていますし、アリーダは白パン、サフランパン、それに見たこともないほど大量のクッキーを作っていました。

マイケン自身は、クリスマスのディナーのメニューを決めて、食料を買いに出かけましたが、まるで町じゅうの人にごちそうをふるまおうと決めたみたいに、どっさり買いこんで帰ってきました。母さんは次の日にとりかえてもらうことになるプレゼントを買いに行っているし、父さんは……何か読んでいます。

掃除《そうじ》はもうすべて終わったので、あとはクリスマスイブの前日に、ちょっときれいにすればいいだけです。クリスマス用のソーセージも作ったし、シルタン（ブタ肉のゼリー寄せのような料理）もできあがっているし、お肉屋さんからクリスマス用のハムも届いています。だからわが家ではもう、いつ何時クリスマスがやってきてもいいのです。

ついこのあいだの晩、クリスマス用のタフィーを作ったのですが、これはクリスマスの準備の中でも、一番おもしろいんじゃないかと思います。そのときにはみんな、父さんまでが台所に集まりました。

父さんの役目は、朗読でわたしたちを楽しませてくれること、モニカの役目はうろうろとみんなの邪魔《じゃま》をしたり、オーブンのそばに行ってはみんなをはらはらさせること、イェルケルの役目はタフィーがまだ熱いのに、味見をすることでした。イェルケルは毎年この役目をしていて、毎年同じようにすごいわめき声をあげ、天井《てんじょう》にむかって飛びあがります。火傷《やけど》をした子は火を避《さ》ける、といわれているでしょ。でもわたしにいわせれば、火傷《やけど》をした子どもも、タフィーだけは絶対《ぜったい》に避《さ》けません。

カイサが今晩、わたしのうちにいてくれたらいいのにな。そうすれば台所でコーヒーを入れて、クリスマス用のクッキーを食べてもらえるのに。台所は、今なら床《ゆか》のマットもきれいだし、壁《かべ》にかかった銅皿や銅鍋《どうなべ》もぴかぴかに磨《みが》かれているし、折りたたみ式のテーブルには赤い格子のテーブルクロスがかかっているし、オーブンの横の柱には薄《うす》い紙で作った飾《かざ》りが巻《ま》いてあって、くつろげる心地《ここち》よさでいっぱいです。この台所のようすを見ていると、なんでもできそうな気がしてくるし、食料部屋にクリスマスのお料理やクッキーの缶《かん》などがあふれんばかりにつまっているのを見ると、トロール（北欧の伝説上の魔物。洞穴などに財宝を隠している）のように豊かになった気がします。

ねえ、あと二日でクリスマスだなんて！　毎年、同じように期待で胸がふくらむのも不思議ね！　クリスマスのことを考えてもおなかがくすぐったくならなくなった日こそ、自分が年寄りになった日だと、わかっているの！

わたしとスバンテは、明日クリスマスプレゼントを買いに行きます。もちろん、こんなにぎりぎりまで延《の》ばすのは悪いくせなのですが、ぐずに生まれついてしまったからには、しかたがないのよ！　マイケンも、自分のぶんは何週間も前にすませたのですが、イェルケルとモニカの面倒《めんどう》を見なければいけないので、明日は、かなり大がかりな買い出し部隊を組んで、プレゼントの買い物にくり出すことになるでしょう。

わたしはじつは、お店がお客さんではちきれそうになっている最後のころに、クリスマスの買い物をするのが好きなんです。このころになると、たしかにレジでいつもの倍は待たされるのですが、一方では、たいていだれか知りあいに会えるし、プレゼントについての情報交換《じょうほうこうかん》ができるからです。ラクダの毛のズボン下やシャツの品質について意見を求められたりすると、わたしはいつも得意満面になります。

だけど、クリスマスプレゼントを買うのは押《お》しあいへしあいのときがいい、というのはわたしの意見ですから、もしもほかの人が大天使ミカエルの日（九月二十九日。かつてスウェーデンでは、この日までに作物の収穫や畜産物の加工をすることになっていた）の直後にわたし用のプレゼントを買いたければ、買ってくれてもいいのです。

まあ、どうしましょう、カイサ！　雪だわ！　雪が降《ふ》ってきました！

ほんと、ほんとよ、雪が降《ふ》ってきたの！　初雪です！　机の前に座って手紙を書いていたから、全然気がつかなかったの。今、目を上げて窓の外を見たら、きれいな雪が降《ふ》っていて、外が明るくなっていました。クリスマスイブの二日前に雪が降《ふ》るなんて、理想的じゃない？

明日の夕方、スバンテとイェルケルとわたしで、毎年準備してくれるスメッドバッカの農家のおじさんちへ、モミの木を取りに行きます。立ち乗り式蹴《け》りぞりを出して、モミの木をのせてこようと考えています。星が頭上で輝《かがや》き、静けさがあたりを包む中、雪をかぶったモミの木がずらっと両側に並ぶ森の小道を行くわたしたちを、想像してみて。まさに、ジェニー・ニィストレム（スウェーデンの画家。クリスマスカードなどクリスマスを描いた作品で有名になった）の描《えが》くクリスマスカードそのものじゃない？　もしこの景色をカードの図柄《ずがら》にしていないなら、ジェニー・ニィストレムもたいしたことないわ。

では、カイサ、心から安らかで、喜びのある昔ながらのよきクリスマスを！
あなたの願いがすべてかないますように！

あなたのブリットーマリより

アンナンダーグ（クリスマスの翌日）

親愛なるカイサさま！

クリスマスツリーやクリスマスのごちそう、それにクリスマスプレゼントなどは、ちょっと過大評価されすぎじゃないかしら？　そういうわたしも、どうしてもこうしたものをすばらしいと思いすぎる傾向《けいこう》があります。

だけど毎年、クリスマスの次の日に、じっと座ってクリスマスのごちそうを消化しているときには、こう思うの。今、わたしにソーセージやハムをすすめるやつは呪《のろ》われろ！　って。すすめられると、はっきりいらないとはいいませんが、とにかくいやそうな目つきをするので、ごちそうをすすめた人は、まずいことをいったかなと気づきます。

でも、わたしは感謝を知らないわけじゃありません。食べすぎたからといって、すばらしいクリスマスをすごしたことを、一瞬《いっしゅん》たりとも否定はしません。クリスマスをどんなふうにお祝いしたか、聞いてくださる？　カイサは、いやだというわけにはいかないんだから、その弱みにつけこんでさっそくお話しするわ。

クリスマスイブの日、目を覚ますと、もう本当にクリスマスになっていました。わたしたちが眠《ねむ》っているあいだに、母さんとマイケンが、クリスマスにはつきものの毎年登場する飾《かざ》り物を全部出していたからです。赤いロウソク立て、麦わらでできたヤギたち、父さんが実家から持ってきた紙粘土《かみねんど》の怖《こわ》そうなトムテン（髭をはやした小人の妖精。赤い服を着ていて、サンタクロースの役割をする場合もある）、シャンデリアの下につりさげるクリスマスの天使やハト、かいば桶《おけ》に入った赤ちゃんのイエスさま……。簡単にいうと、わたしがごく小さいころから見慣《みな》れたクリスマスの飾《かざ》りが、全部出ていたのです。モニカはどれを見ても夢中で喜んでいましたが、特にかいば桶《おけ》のイエスさまが気に入ったようです。

「ちっちゃな、かわいい、かわいいイエスさま」といって、手をたたいていました。

みんな、できるだけ急いで着替《きが》え、アリーダがもう暖炉《だんろ》に火をおこしてくれていた居間で、コーヒーを飲みました。クリスマスイブの朝にはいつも、クリスマスのときだけ使う銅の鍋《なべ》でコーヒーを作って飲みます。

まるいテーブルの上には、あらゆる種類のクッキーやお菓子《かし》が並んでいました。シナモンクッキー、コニャック入りのリース形クッキー、アーモンド入りの貝型ケーキ、数字の8の字型の甘《あま》パン、サフラン入りの甘《あま》パンなど、毎年毎年同じ形のものです。ある年、アリーダが新しい形のクッキーやパンを焼いたのですが、ひどく不評だったので、それきりやめてしまいました。

庭にお日さまが顔を出すのを居間の窓から眺《なが》めていると、スバンテがつぶやきました。

「嘘《うそ》みたいにきれいじゃないか！」

クリスマスイブがこんなに美しいなんて、本当に信じられませんでした！　たいていの年は、クリスマスのあいだじゅう雪がなかったり、みぞれだったりしたからです。けれど今年は、庭のすみずみまでがまっ白な雪におおわれ、その上にお日さまの光が降《ふ》りそそいでいたのです。

クリスマスイブの朝にはいつも、教会の墓地へ行きます。そこには父方の祖父母のお墓があります。まわりもすべて古いお墓で、静かで白くてすがすがしく、とても安らかな雰囲気《ふんいき》でした。「人知ではとうてい測り知ることのできない神の平安（『新約聖書』ピリピ人への手紙四・七）」という言葉の意味が、ようやくわかったような気がしました。

カイサの家では、いつモミの木の飾《かざ》りつけをするの？　わが家では、クリスマスイブの午前中だけでは絶対《ぜったい》に終わりません。だから、墓地から帰って最初に始めたのが、モミの木の飾《かざ》りつけでした。古い飾《かざ》りにはありきたりのものが多いのですが、一番すばらしい宝物は、母さんが小さいころから飾《かざ》っていた、ガラスでできたセキレイと、綿のつめもの入りの二人の天使です。天使たちは相当長いことおつとめしてくれているので、そろそろその忠実さに対してプロ・パトリアス協会（ストックホルムにある団体で、子どもや老人のためにいい仕事をした人にメダルを授与している）のメダルをもらってもいいころです。

さて、クリスマスイブの午後、台所の折りたたみ式テーブルで食べたクリスマスイブのごちそうのこともお話ししなくては。かまどにかけた鍋《なべ》でスープを作り、パンを浸《ひた》して食べたことや、夕方にはタラの料理やおかゆやハムを食べたことも。

でもこんなことは、カイサならたぶん聞かなくてもだいたい知っているでしょうし、それに、残念ながら今のわたしは、まだ胃がもたれていて、クリスマスの食べ物について正しい感動を伝えられる状態ではありません。ただ、わたしたちがちゃんと食べたということだけは、つつしんでうけあっておきます！

それにしても、おかゆで韻《いん》を踏むなんて、馬鹿《ばか》らしいわね（スウェーデンでは、クリスマスにおかゆを食べながら、おかゆを題材にして、韻を踏んだ詩を作る習慣がある）。たとえば、こんなのはどうでしょうか？　スバンテが考えついた詩で、自分ではすばらしい文学作品だと思っているらしいのですが。

パンよりももっと好き
台所で作られたこのかゆ
まれに見る美しい乙女《おとめ》の作ったかゆ
ぼくはこのかゆが好き

このまれに見る美しい乙女《おとめ》というのはアリーダのことなのですが、アリーダはこのありがたい詩をどう受けとったらいいのか、よくわからないようでした。でも結局、アリーダがおせじをいってほめたので、わたしたちは最高の雰囲気《ふんいき》の中、クリスマスイブのごちそうを食べ終えました。

そのあと、少しずつ夜になっていきました。イェルケルはすごく驚《おどろ》いていました。待っても待ってもずっと夜にならないんじゃないか、と疑っていたんですって。

わたしたちはみんなで皿洗いを手伝い、それから居間に集まると、モミの木や、暖炉《だんろ》の上や、まるいテーブルの上のロウソクに火をともしました。母さんがピアノの前に座ると、みんなでまわりを囲んで、歌いはじめました。まあ、どんなにたくさん歌ったことでしょう。昔からのクリスマスの歌を次々に歌うのって、なんて楽しいのかしら！

そのあと、静かになると、父さんが聖書を開きました。父さんが福音書（イエス・キリストの生涯や教えを弟子が伝えたもの。マルコ、マタイ、ルカ、ヨハネの四書がある）を読むのを聞けないようなら、クリスマスイブなんかすごしたいとは思いません。子どものころのクリスマス（もう、今は子どもじゃないわよね？）のことで、一番よく覚えているのは、どんなにすばらしいクリスマスプレゼントより、この父さんの朗読なんです。

「そのころ、全世界の人口調査をせよとの勅令《ちょくれい》が、皇帝《こうてい》アウグストゥスから出た」（『新約聖書』ルカ福音書二・一）

このイエスさま誕生の物語の導入部分を聞くたびに、幸せに震《ふる》えてしまいます。クリスマスに聞く福音書ほど、美しく完成度の高い詩はほかに知りません。

「さて、この地方で羊飼いたちが夜、野宿しながら羊の群れの番をしていた」（『新約聖書』ルカ福音書二・八。このあと、キリスト生誕の場面が続く）

この一節を聞くと、二千年ほども時をさかのぼって、ユダヤの国に飛んでいくような気がしない？　すべての東方の国の神秘が、この福音書にはこめられていると思うの。

それから、わたしとマイケンが二重唱で、『星よ、海や浜辺《はまべ》の上で輝《かがや》け』と、『きらきら星』を歌いました。アリーダは、涙《なみだ》をぽろぽろこぼして泣きだしました。いつもそうなんです。

「歌っているのが天使でも、こんなに美しくはないでしょうよ」と、アリーダはため息をついていいました。でも、アリーダのいうことは、なんだか大げさだと思わない？

アリーダの涙《なみだ》が乾《かわ》くまもなく、ドアをたたく音がしました。モニカは緊張《きんちょう》のあまり、おもらしをしてしまいました。

クリスマス・トムテンにうまく扮装《ふんそう》した、スバンテが入ってきました。

「ここに、おりこうな子どもはおるかな？」スバンテはきちんと、伝統にのっとったせりふをいいました。

「はい、あたし……」と、モニカが震《ふる》える声でいいました。それからモニカは抜《ぬ》けめなく、こうつけくわえたのです。「でも、イェルケルはときどき、とってもいじわるです」

「告げ口屋の妹には、いじわるしてもしかたないな」と、トムテンは、モニカにちょっぴりいやみをいいました。

けれども、おりこうでもそうでなくても、みんな、クリスマスプレゼントをもらいました。わたしのもらったものは、グレーのスキーズボン、マイケンの編《あ》んでくれた赤いウールのセーター、本が四冊……『スウェーデン民族とその指導者』（ベルナール・ヘイデンスタムの歴史書）、『イェスタ・ベルリング物語』（ノーベル文学賞を受賞したスウェーデンの女流作家セルマ・ラーゲルレーブの小説。ラーゲルレーブは、『ニルスのふしぎな旅』で有名）、『あしながおじさん』（アメリカの作家ジーン・ウェブスターの少女小説）、それと、スウェーデン文学の短編集。それに柔《やわ》らかい茶色の皮のがま口、手編《てあ》みのミトン、薄《うす》いブルーのシルクのおしゃれ下着、便箋《びんせん》。これでおしまい。

あっ、そうそう、モニカからマジパンで作ったブタと、イェルケルからちっちゃなかわいい香《こう》水《すい》の瓶《びん》ももらいました。瓶《びん》の中身は、町じゅうの人の鼻がひん曲がるかと思うほどすごい匂《にお》いでしたから、イェルケルには、きちんときれいにしたときにだけつけるわね、といいました。ところがイェルケルは、今すぐちょっとつけてみてほしい、というのです。何しろクリスマスイブなので、わたしもことわる気にはなれませんでした。

「こりゃ、いいや」スバンテがいいました。「もしもブリットーマリがクリスマス休みのあいだに迷子《まいご》になって、山狩《やまが》りして捜《さが》すことになっても、この匂《にお》いのあとをつけていけばいいだけだ」

それから、モニカが本当に幸せな気持ちになるようにと、みんなでモミの木のまわりで踊《おど》りました。モニカの年ごろには、クリスマスイブにそういう気持ちを味わわなくちゃいけません。そのあとで、みんな、なんとなくクルミやアーモンドやレーズンを口にほうりこみはじめたのですが、もうあまりおいしいとは思えませんでした。

母さんはモニカに、今日は好きなだけ起きていていいのよ、といってやりました。八時半ごろ、モニカは部屋のすみで、もらったばかりの人形で遊んでいました。その姿はまるで、小さな眠《ねむ》そうな智天使《ちてんし》（旧約聖書に出てくる智恵を司る天使。四枚の羽を持つ姿が教会建築や絵画によく登場する）のようでした。そして静かにこうひとりごとをいっているのが聞こえたのです。

「わたしはベッドで眠《ねむ》りたいんだけど、だめなの……」

そこで、モニカは寝《ね》てもいいことになりました。そのあとすぐわたしたちも、クリスマスの早朝礼拝のことを考えて、さっさとベッドにもぐりこみました。

ストックホルムでも、クリスマスの早朝礼拝で、何か特別な雰囲気《ふんいき》が味わえるのかしら？でも、わたしたちのところほどじゃないと思うわ……。クリスマスの早朝礼拝で一番雰囲気《ふんいき》があるのは、なんといっても、たいまつをつけたそりに乗って、ずっと遠くの田舎の教会まで行くことでしょうね。けれど、わたしたちの小さな町の通りを、新しく降《ふ》った雪を踏《ふ》みしめ、あたりの窓辺に飾《かざ》られたロウソクを見ながら教会へむかうのも、捨てがたいよさがあります。人でぎっしりの教会の中を奥の席まで進み、丸天井《まるてんじょう》の下で賛美歌『ようこそ、美しい朝のとき』を奏でるオルガンの響《ひび》きに包まれるのもまた、早朝礼拝らしい情緒《じょうちょ》のあるひとときです。

礼拝のあとはいつも、アンナスティーナのところへ行って、コーヒーを飲むことになっています。きのうも行ってきました。

クリスマスの昼のディナーには、お客さまがたくさん来られました。母さんはどういうわけか、助けを必要としている人たちを見つけることにかけては天才です。うちから十キロくらいの範囲《はんい》で、クリスマスなのに不運な人、病気の人、孤独《こどく》な人などがいれば、母さんは肩《かた》を抱《だ》いて連れてきます。それでクリスマスの日はいつも、わが家は人でいっぱいなのです。

まっ先にやってきたのは、緑おばさん、茶色おばさん、紫《むらさき》おばさん（ベスコフ作の絵本シリーズに登場し、親しまれている人物）。本当はこういう名前ではないのですが、わたしが小さかったときには、すっかりそう信じこんでいました。この人たちは三人のかわいい未婚《みこん》のおばあさんなんですが、話すのは病気のことか、互《たが》いの家族についてだけで、それ以上発展することはありません。三人は、この世にあるたいがいの病気の症状《しょうじょう》を知っています。三人とちょっとでも話すと、わたしはいつも、自分がおよそ五つか六つの病気にかかっていて、少なくともそのうちのふたつのせいで死にかけていると思いこんでしまい、実際にへたりこんで、こんなに若いのに死ななくちゃいけないの、と嘆《なげ》きはじめます。

もしだれかが本当に病気になったりすると、三人はすぐお見舞《みま》いにやってきて、しわくちゃの顔を心配そうにしかめて、悲しげに首をふるのです。そのようすときたら、ほんとに陰気《いんき》なの！

特に、イェルケルが重い咽喉《いんこう》カタルにかかったときのことは忘《わす》れられません。

「わたしゃいつもいってたんだよ。この子は、この世で生きていくにはいい子すぎるってね」と、紫《むらさき》おばさんは戸口から入ってくるなり、涙《なみだ》を流していいました。気が動転しやすい母さんは、めまいを起こして倒《たお》れそうになりました。けれどそのとき、マイケンがぴしっといいました。

「つまらないこと、いわないでください！　ひまし油を飲ませれば、明日には熱は下がります！」

さて、今日は午前中、ベルティルとスキーをしました。ベルティルは、クリスマスプレゼントにとても格好のいい、新しいスキーをもらったので、見せたかったのだと思います。わたしたちは森を抜《ぬ》け、シェシュフルトまですべっていきました。スキーで森の中を行くよりすてきなことなんて、ほかにあるかしら、それもベルティルといっしょに？

別れるとき、ベルティルはさりげなくクリスマスプレゼントをくれました。それは、カイサも知っていると思うけれど、あの詩集『北国の声』（アイスランド、ノルウェー、デンマーク、フィンランド、スウェーデンのおもな詩を集めた詩集。一九四〇年刊）だったの。ほしいと思っていたから、うれしかった！　でも、同時にあわてちゃった。だってまぬけなこのわたしは、ベルティルへのプレゼントを用意していなかったんですもの。

スキーをはずして家に入ると、風にあたってきたおかげで、さわやかで、生き生きして、力が満ちているような気がしました。テーブルの上にはまた、ハム、シルタン、ソーセージ、そのほかすべてのごちそうが並んでいたの！　そこでわたしはたちまちまた、大蛇《だいじゃ》に変身してしまったというわけです。

でも、明日はお茶とトーストだけですごすことにするわ。少なくとも今はそう思っています！

ところでね、きのう、ちょうどクリスマスの当日に、マリアンから手紙が来たの。家に遊びに来ないか、というご招待。封筒《ふうとう》には、マリアンのお母さんから、うちの母さんへのカードも入っていました。「お嬢《じょう》さんのブリットーマリさんに、一週間マリアンのお客さまになっていただければ、わたくしどももたいそううれしく存じます」ですって。

お嬢《じょう》さんのブリットーマリさんは、もちろんみなさんにうれしがっていただきますとも！　本当に来てほしいと思ってくれているのだ、という気がします。マリアンとは、本気で友だちになれそうです。

アンナスティーナは今晩、ドーラナ地方に住むおばあちゃんちに行ってしまうし、ベルティルも家族といっしょに町からしばらく姿を消すし、わたしも羽を伸《の》ばして飛んでいっちゃいけないという理由はないでしょう？

「行ってこいよ」スバンテはやさしくいいました。「こっちはなんとかやっていけるから。でも、料理をしてくれるブリットーマリがいなくなると、大変だな」

スバンテは、カスタードクリームのことをまだ忘《わす》れていないのです。

というわけで、次に書くときには、スネットリンゲの工場主のお屋敷《やしき》から、ということになりそうです。

でも、まずはカイサが、どんなクリスマスをすごしたのかを書いてくれるでしょ？
じゃあ、お元気でね！

ブリット＝マリより

スネットリンゲにて、大晦日《おおみそか》

親愛なるカイサさま！

いよいよ明日は、明けましておめでとう！　旧年よりよくならないとしても、せめて同じぐらいよき年となりますように！

一年の一番最後の日だというのは、どんな感じかしら。おそらく十二月三十一日自身は、自分は暦《こよみ》の上でとても重要な位置を占《し》めていると思っていることでしょう。そして、たしかにそのとおりです。

暦《こよみ》っていうのは不平等なのよね！　たとえば十月十三日は、来る年も来る年も、ただの退屈な仕事の日でしかなく、たまにすごくがんばっても、日曜日になれるだけなのです。それなのに、ほかのいくつかの日なんて、やれ夏至祭（北欧で盛大に祝う祝日のひとつ。「マイ・ストング」と呼ばれる花や葉で飾られた木の柱のまわりで、踊ったりして祝う）のイブだ、クリスマスイブだ、五月一日（古くから春の祭りだったが、一九三八年からは労働者の祭典として祝日になった）だ、元旦《がんたん》だなどと、みんなが待ち望んで喜ぶ、いわゆる祝日の座を、絶対《ぜったい》に手放しません。

あるいは愉快《ゆかい》な日としては、四月一日の四月馬鹿《しがつばか》なんてどうでしょう！　そう考えると、たとえば二月九日なんてコンプレックスだらけで、いつもワルプルギスの夜祭り（五月一日の前夜に魔女たちが山に集まるという伝承をもとにした祭りで、大きなたき火を囲み、春の到来を喜ぶ）が行われる四月三十日に対して、きっとぶつぶつ文句をいってると思うけれど、どうかしら？

これと似たようなことが、人間にもあてはまると思わない？　どんなことをしようと、絶対《ぜったい》に十月十三日にしかなれない人もいるのよ、かわいそうに！　母さんは、確実に夏至祭のイブだと思うし、マイケンはきっと、おだやかで中身のたっぷりつまったクリスマスの日ね。わたし自身は、いったいどんな日があてはまるのかな？　たぶん、四月一日にちょっと近いけど、つつましく目立たない、三月の終わりの日あたりでしょうよ！

何を変なことといってるの、いったいどうしてこんなことを書いてるの、と思っているでしょう？　今日スネットリンゲの本屋で買った、かわいいカレンダーにまどわされたとしか思えません。目の前にそのカレンダーを開いて置いているのですが、カレンダーを前にすると、わたしはいつも哲学的《てつがくてき》になってしまうのです。

だれもみんな、自分の誕生日は知っているのに、自分の死ぬ日を知らないなんて、変だと思わない？　だれもが毎年、いつか自分の墓石にちいさな十字架《じゅうじか》といっしょに彫《ほ》りこまれることになるその日を、やりすごさなくてはならないの。もしその日だとわかっていたら、何か特別な感じがして、気持ちがなぜだかしんと静かになり、なんとなくもの悲しく、後悔《こうかい》に似た気持ちになるはずだと思うの。それに、もしいつか結婚《けっこん》するとすれば、結婚記念日《けっこんきねんび》もあるはずでしょ。今年はちょうどその日に教室で数学のテストを受けているかも、と考えるとぞっとするわ。

だめね、カイサがうんざりする前に、やめなくちゃ！　でも、わたしは十月十三日のことをすごく気の毒に思っているので、十月十三日がちゃんとおりこうさんにしているなら、わたしの結《けっ》婚《こん》記《き》念《ねん》日《び》になれるチャンスがある、といっておきます。

ところで、スネットリンゲでわたしがどんな暮《く》らしをしているかって、おたずねだったわね。きっと、引き出し式の簡易ベッドに寝《ね》かされ、毎日ニシンの酢《す》漬《づ》けとジャガイモを食べさせられていると思っているのでしょ？　ところが、ちがうの！　そんなありきたりの考えじゃだめよ。まるでハリウッドの映画スターのように暮《く》らしている、というのが、本当のところです。スターよりもたくさん食べていることだけがちがうけど。わたし一人で使える、すてきな客間をもらっています。お客さま用の折《お》りたたみ式ベッドをどこかの部屋から引きずってきて、また戻《もど》すなんて、そんなこと全然しなくていいの！　白い紗《しゃ》の天蓋《てんがい》つきのベッドに、ピンクの絹のお布団で寝ています。

毎朝九時になると、部屋に「二番目のお手伝いさん」と呼ばれているかわいい人が入ってきて、ベッドの上のわたしに、豪華《ごうか》な朝食ののったお盆《ぼん》を渡《わた》してくれます。朝食について何か気に入らないことがあれば、ベッドの横のベルを鳴らして、かわいそうなお手伝いさんに文句をいえばいいの。（わたしはまだ一度も鳴らしていませんが、このベルはそのためにあるのだと思います。）お昼ごはんには、豪華《ごうか》なスモーガス・ボード（北欧独特のオードブルや料理、オープンサンドイッチなどが並ぶ食卓。日本には「バイキング料理」として紹介されている）や温かいお料理もテーブルに並びますし、夜のディナーには三種類もお料理が出ます。きのうは普通《ふつう》の平日だったのに、牛フィレ肉のアスパラガス添《ぞ》えが出ました。

わが家なら、汗《あせ》をかきかき料理を運んでくるアリーダは、やさしい笑顔をふりまきながら、わたしたちとあれこれ楽しい言葉を交わします。でもここでは、給仕をしてくれるお手伝いさんは、まるでこの世の人とは思われません。まるで死んだみたいに陰気《いんき》で、明らかに心ここにあらずです。心の中にいくらかでも人間的な感情があるのかしらと疑ってしまいますが、それじゃあまりにも失礼ね。

ここでは、家族でテーブルを持ちあげたりもしません。最初のディナーのときには、「雰囲気《ふんいき》を盛りあげるためにテーブルを持ちあげませんか」と突然《とつぜん》提案したくなり、真面目《まじめ》そうに見せるために代数のことを考えようとしても、逆に笑いだしそうな気分になってしまいました。こんなふうにいつもお手伝いさんにかしずかれているんなら、マリアンが自分で靴《くつ》を磨《みが》けないのも納得!

わたしがすりきれた旅行カバンを手にして、スネットリンゲの駅に降《お》り立ったときには、もちろんマリアンがプラットフォームで出迎《でむか》えてくれていました。いっしょに紺色《こんいろ》の制服を着た運転手さんもいて、すごい勢《いきお》いで駆《か》けよってくると、カバンを持ってくれて、たえずぺこぺこと頭を下げながら、わたしたちが車に乗るのを助けてくれました。

美しい菩提樹《ぼだいじゅ》の並木道を通り抜《ぬ》け、すばらしいお屋敷《やしき》の前に到着《とうちゃく》したときには、わたしって身分を隠《かく》して旅に出ていたお姫《ひめ》さまじゃなかったかしら、という気になりました。もっとも、自分の旅行カバンに目が行ったところで、たちまち現実に引きもどされましたが。いくら身分を隠《かく》していても、こんなぼろのカバンを持っているお姫《ひめ》さまはいないでしょう。

わたしたちが車から降《お》りるときも、りちぎな運転手さんはさっきと同じぐらいぺこぺこおじぎし、それからカバンをわたしの部屋まで運んでくれました。入れ替《か》わりに、さっき書いた「二番目の」お手伝いさんが現れて、こういったのです。

「荷物をほどくお手伝いをさせていただきましょうか、ハーグストレムのお嬢《じょう》さま?」

「な、なんですって?」と、わたしはまぬけな顔でいいました。めっそうもない、こんなわずかな荷物の荷ほどきぐらい、自分でできます。

おそらくお手伝いさんはわたしのことを、たいした客ではないと思ったでしょうが、そんなことは気になりませんでした。カーディガン一枚、スカート一枚、ワンピース一着とあとわずかなものぐらい、自分でハンガーにかけたって全然疲《つか》れませんし、手伝ってもらうなんて考えられません。

けれど、こんなぜいたくな生活をちょっとだけ味わうのは快適だということを、否定するつもりはもちろんありません。一日じゅう、これぽっちも役にたつことはせずに、お手伝いさんや使用人につかえてもらってばかり！　でも、もしもわたしがこの家の使用人だったら、きっとある朝、頭にきて爆発《ばくはつ》すると思うの。そして反旗をひるがえして屋敷《やしき》を占拠《せんきょ》し、インターナショナル（労働運動の中で歌いつがれてきた歌。「インターナショナルを歌う」とは、雇い主に対して労働者の権利を主張することをいう）を歌うでしょうよ。

　でも、こんなことをいったからって、マリアンのお母さんのウッデン夫人が使用人をいじめている、なんて思わないでね。そんなことはまったくありません。ウッデン夫人はいつもみんなにていねいで、やさしく接《せっ》しています。そうでなかったら、このご時勢、使用人など見つからないでしょう。

　ただ夫人はきっと、この人たちも自分と同じように神に創《つく》られた人間で、同じような悲しみや喜びをかかえているとは、思っていないことでしょう。生気のない陰気《いんき》な顔でわたしたちにつかえているお手伝いさんは、ひょっとしたら失恋《しつれん》を嘆《なげ》いているのかもしれないし、年老いた病気の母親を心配しているのかもしれないし、もっとほかの悩《なや》みがあるのかもしれないのに。もしかしたらお手伝いさんは、温かく理解してもらうことが必要な状態なのに、そんなことは考えてももらえず、いろんなことをいいつけられているのです。

「リーサ、お願い、広間にコーヒーを持っていって！」とか、「主人のタキシードを出して、ブラシをかけておいて！」とか。

　わたしは父さんがつねづねいっていることを、たえず思い出してしまいます。

「隣人《りんじん》には親切に接しなさい。相手が伯爵《はくしゃく》であろうと、どんな職業の人であろうと。そうすればおまえの歩む人生は、バラの花の咲《さ》く、明るいものになるだろうよ！」

もしもカイサがわたしのことを、もてなしてもらっているご夫妻を批判したりして不作法だと思わないようならうちあけるけれど、この家の中は、きれいなバラはちょっとしかない感じで、なんだか暗いのです。

この家はとても豪華《ごうか》で、いたって快適で、あらゆる点できちんと整っているのに、どうして暗いの？　とさぐっている自分に、ふと気がつきます。たりないものって、いったい何かしら？　雰囲気《ふんいき》そのものも、わが家でなじんでいるのとはどこかちがいます。いっしょにディナーのテーブルを囲んでいると、エレンおばさん（今では夫人のことをこう呼んでいます）は、上等の服を着ていて美しいんだけれど、個性的ではないし、エリックおじさんは気もそぞろという感じで、ちょっとせかせかしているし、マリアンは神経質そうで、少しわざとらしいし、わたし自身は、あけっぴろげに見せようとたえずあれこれしゃべりながらも、こう考えています……。

「ありがたいことに、わが家ではこうじゃないわ！　たとえ自分で靴《くつ》を磨《みが》かなくてはならないとしても、牛のフィレ肉をしょっちゅうは食べられないとしても」

きのうの夜、わたしが寝《ね》ようとしていると、マリアンが入ってきて、ベッドの端《はし》に腰《こし》かけたの。大きな茶色の瞳《ひとみ》のマリアンは、こざっぱりとしたピンクのネグリジェという、すぐにも寝《ね》られそうな格好をしていました。最初はあれこれ普通《ふつう》のおしゃべりをしていたのですが、だんだんと真《しん》剣《けん》な話になってきました。女の子はいつも洋服のことと、「彼《かれ》」のことしか話さない、なんて嘘《うそ》よね。

いきなり、マリアンは泣きだしました。どうしようもなく悲しそうなので、わたしはどうしたらいいのかわかりませんでした。どうして泣いているのかは聞き出せなかったのですが、マリアンはすすり泣きの合間に、しぼり出すようにいいました。

「わたしたち、友だちよね……。ブリット－マリはとても強いわ。わたしも、あなたみたいになりたい！」

どうしてわたしのようになりたいのか謎《なぞ》だったので、マリアンにはそういいました。それから、どうしたらいいか困ってしまって、年寄りのおばさんみたいに、ずっとマリアンの肩《かた》をぎこちなくたたいていました。たぶんマリアンは「かわいそうなお金持ちの小さな女の子」なんだ、と心の中で思いながら。

どんなことがあろうと、喜んでマリアンの友だちでいるつもりです。もしも前に何かマリアンの悪口をいってたら、忘《わす》れるって約束して。ウッデン家について書いたことも、すっかり忘《わす》れてちょうだい。お客としてもてなしてもらっている家のことをあれこれいうのがいいことだとは、自分でも思っていません。でも、カイサ以外にはだれにもいってないのよ。

マリアンとわたしは、毎日スキーやスケートをしています。今まではちょうどいい寒さだったのですが、さっきはそろそろ雪どけかな？　と思いました。わたしの窓の外の電話線が、雪どけのときのようにヒューンヒューンと歌っていたからです。この音を聞くと、いつもメランコリックな気持ちになります。なんとなくさびしげで、見捨てられたように響《ひび》くからですが、今回はきっと家と、母さんが恋《こい》しくなったのでしょう。

ここでは今晩、ダンスのある大晩餐会《だいばんさんかい》があり、新しい年を迎《むか》える瞬間《しゅんかん》を見届ける、ということで徹夜《てつや》になるようです！　マリアンとわたしも、まだ十五歳《さい》だけど、仲間に入れてもらえます。わたしは濃《こ》いブルーのひだつきのワンピースを……ほら、あのときの……着るつもりで、マリアンはまるで夢のように美しい、つや消しの黄色いシルクのドレスの予定。

今から急いでこの手紙をポストへ出しに行き、そのあと、着替《きが》えることにします。時計が夜の十二時を打つときに、カイサがわたしのことを思っていてくれますように。わたしもカイサのことを思っています。

森や湖、山や谷をいっぱい飛びこえて、新年のご挨拶《あいさつ》をお送りします。

ブリットーマリより

一月二十九日

親愛なる、おなつかしいカイサさま、まだ生きてる？

年末に書いてから、ずいぶんごぶさたしてしまいました。

でもね、マリアンの家から帰ってすぐに、やっかいな咽喉《いんこう》カタルにかかってしまって、おととい まで学校も休んでいたのです。がんばればなんとか書けたかもしれませんが、実際まぶたを持ちあげるのもやっとというほど、ひどく弱っていたのです。

旅行に出かけたとき一番すてきなのは、家に帰ってくることです。アメリカから二十五年ぶりに帰国したとしても、あれほど温かい歓迎《かんげい》は受けなかったでしょう。愛情に飢《う》えていた心には、うれしい歓迎《かんげい》でした。父さんはぽんぽんと背中をたたいてくれたし、母さんはぎゅっと抱《だ》きしめてくれたし、マイケンはこういってくれました。

「ありがたいわ、またブリット－マリが家にいるなんて！」

イェルケルとモニカは争ってわたしのとなりに座ろうとするし、スバンテさえ、わたしの顔を見ると元気になったようでした。もちろんいやみたっぷりに、こういいはしたのですが。

「われらが勇ましいヒロインのお帰りだ！　ヒロインのお迎《むか》えにラッパ隊の音楽がないとは、けしからん！」

カイサにはなんのことかわからないでしょうが、スバンテは、わたしがスネットリンゲを発《た》つ直前に起こった出来事のことをいっていたのです。カイサにもこれから話すけど、自慢《じまん》しすぎだと思ったら、そういってちょうだい！

わたしがだれかの命を救うなんて、あれがおそらく最初で最後でしょう。想像の中では、数えきれないほど人の命を救ってきたのですが。たとえば、燃えさかる家の中に自分の命をもかえりみずに飛びこみ、恐怖《きょうふ》で石のように固くなっているおばあさんを何人も助け出したものよ。あとになって、そのおばあさんたちが、財産をすべてわたしにゆずると遺言《ゆいごん》を残してる、というおまけがついたりしてね。

あるときは、高く突《つ》き出た崖《がけ》の上から海に飛びこんで、溺《おぼ》れている子どもを助けたこともあります。海岸に集まった大勢の人々が息をのみ、黙《だま》って道をあけてくれる中を、わたしはお礼の言葉すら聞こうとせず、たった一人でずぶぬれのまま、誇《ほこ》らしげに立ち去るの。

ときには、太平洋の島にあるハンセン病の施設《しせつ》に生涯《しょうがい》をささげもしたし、フロレンス・ナイチンゲールのように、弾丸《だんがん》の雨が降《ふ》る中を、死にゆく兵士に最後の水を飲ませてあげるためだけに野戦場を歩いたこともあります。そうなの、想像の中でわたしがやってのけた人命救助や立派《りっぱ》な行いを全部数えあげるのは、そう簡単なことではありません。

ところが、今回は趣向《しゅこう》を変えて、現実に人命救助をしちゃったというわけ。まったくのなりゆきだったのですが。

その日、マリアンとわたしは、お屋敷《やしき》のすぐそばにある小さな湖で、スケートをしていました。その前の数日は暖かくて、氷がゆるみ、だれかが氷を割ってしまっていました。そのあと夜のあいだにまた凍《こお》ったのですが、カイサもおわかりのように、穴の上に新しく張《は》った氷というのは、薄《うす》くて弱いのです。そこで、穴のまわりには、葉っぱのついたネズの小枝が、危険という目印のためにたててありました。目印があったのだから、マリアンがそこへむかってすべっていくはずはない、と思うでしょう。ところが、すべっていっちゃったの！

薄《うす》い氷が割れ、マリアンは湖に落ちて、殺されるブタのように甲高《かんだか》い声で叫《さけ》びました。何度も人命救助の予行練習をしてきたわたしは、何をすればいいのか、よくわかっていました。岸辺へ走り、そこにあったさおをつかんで氷の穴近くまで戻ると、氷の上に腹《はら》ばいになり、マリアンの目の前にさおを突《つ》き出しました。

すべてがあっというまの出来事で、何も特別注目されるようなことではなかったのです。たしかにわたしのおなかの下でも氷が割れはじめ、わたしも水につかってしまったんだけど、氷がしっかりしているところまで、うまく後ろむきにはいもどることができました。そのすぐあとで、マリアンも引きあげることができたというわけ。

ところが、それからがとんでもない茶番劇の始まりでした。あちこちから人が駆《か》けよってきたと思うと、大騒《おおさわ》ぎになったのです。エレンおばさんはまっ青になっていて、まずマリアンにキスをし、抱《だ》きしめると、次にわたしにキスをし、抱《だ》きしめて、「ああ、わたしのたった一人の子どもの命を救ってくれてありがとう！」といいました。

そういうわけで、あっというまに渦中《かちゅう》のヒロインになってしまって、自分でもめんくらったほどでした。自分がしたのはほんのささいなことだとちゃんとわかってはいても、注目の的になるのはけっこううれしいものだと、白状しておきます。エレンおばさんはわたしの家に急いで電話をかけてお手柄《てがら》を知らせ、お礼をいいましたし、夕方地方紙が届いてみると、大きな見出しでわたしのことが載《の》っていました。

少女の機転、友人を氷の穴から救う！

わたしとマリアンはベッドに寝《ね》かしつけられ、温かいミルクを飲ませてもらい、ディナーの時間までそのまま寝《ね》ていました。ディナーの席では、エリックおじさんもわたしのことを心配してくれました。わたしは、その次の日には家路に着きました。

ところが、ちゃんと温かいミルクを飲んだのに、咽喉《いんこう》カタルになってしまい、寝《ね》こむはめになったのです。エレンおばさんはお見舞《みま》いにと、しょっちゅう大きなチョコレートの箱や、本、花などを送ってくれましたし、マリアンはずいぶん感動的な手紙をくれました。たくさんの人がお見舞《みま》いにやってきて、みんなして口をきわめて、マリアンを助けたことをほめてくれました。そこで、とうとうわたし自身も、たいしたことをしたのだと思いはじめてしまいました。話題の人になるのは単純にうれしかったし、人命救助とかカーネギー・メダル（アメリカの鉄鋼王アンドリュー・カーネギーが、スウェーデン国内またはその近辺で、人命救助をした人に与えるものとして始めたメダル）のことが話題になるとすぐに、ネコのようにごろごろと喉《のど》を鳴らすようになりました。

　けれども、はじめてベッドから出て床《ゆか》の上に立った日の夕方、ちょっとおしゃべりをしようと、父さんの部屋によろよろと入っていったときのことでした。父さんはエピクテトス（ローマ時代のギリシア人哲学者。ストア学派に属し、実践本位の哲学を説いた）について書かれた『人生の案内書』を開いているところで、こういいました。

「ちょっとこれを聞いててごらん、ブリットーマリ……。『もしも自分が人の賞賛を得ているかどうかさぐろうと、他人が見るような目で自分を見るようなことがあれば、おまえはこれまでに勝ち得てきたすべてを失ったことになる。自分が哲学者《てつがくしゃ》であることに満足せよ。まわりからすぐれた人だと思われたくても、自分でそう信じるだけで満足せよ』」

　それから、父さんはいいました。

「こんなふうにもいえると思うよ。自分は人命救助をした立派《りっぱ》な人だと、わかっているだけでいい。まわりに賞賛されたいと思っても、自分でそう信じるだけで満足するように」

わたしは恐《おそ》ろしく見すかされたと感じました。もしも父さんが、首の後ろにやさしく、しっかり手を置いてつかまえていてくれなかったら、きっと恥《は》ずかしさのあまり部屋から飛び出していたでしょうよ。

そのあと父さんは、哲学者《てつがくしゃ》エピクテトスの話をしてくれました。エピクテトスは、皇帝《こうてい》ネロ（紀元後一世紀のローマ時代の皇帝。キリスト教徒の迫害など、残酷な面が多く伝えられている）のお気に入りの奴隷《どれい》の一人でした。ある日ネロは、まだ子どもだったエピクテトスの脚《あし》にくさびを打ちこむという拷問《ごうもん》を楽しんでいました。すると、エピクテトスが、静かに落ち着いていいました。

「まもなく、わたしの脚《あし》はくだけます」

その直後に、脚《あし》がくだけて折れましたが、エピクテトスは相変わらず静かに落ち着いて、いいました。

「わたしはなんといいましたか？　いったとおりになりました」

これを聞いて、わたしもそくざにストア学派（ギリシア・ローマ時代の紀元前三世紀から紀元後二世紀にかけて、大きな影響力を持った哲学の一派。自己の欲望をおさえ、義務を重んじることを説いた）になろうと決めました。どうなることやら、まあ、見ててちょうだい！　でも、もしだれかがわたしの脚《あし》にくさびを打ちこんだりしたら、わたしはきっと大声で叫《さけ》んじゃうわ。

父さんって変わった人です。いつもぼうっとしていて、なんでもよく忘《わす》れるのに、自分の子どもや学校の生徒のこととなると、きちんと見ているのです。わたしたちが自分ではほとんど気づいていないようなことをよく観察していて、気になることがあれば、それぞれにぴったりのやり方で気づかせてくれるのです。

というわけで、わたしはもう今では、自分が人命救助者をした立派《りっぱ》な人だとは思っていません。けれども、熱にうなされていたさなかにベルティルから届いた絵はがきは、とってもうれしかったです。だって、こう書いてあったのです。「きみはいいやつだね」

エピクテトスがこれになんらかの異論を唱えないようにと、祈《いの》っています。

あなたの友　ブリットーマリより

二月十日

親愛なるカイサさま！

カイサは楽しく、愉快《ゆかい》に暮《く》らしていて、週に何度も劇場に通っているんですって？　本来ならわたしは、勉強はどうなっているの、とか、健康には気をつけるのよ、などと、ちょっとしたお説教をたれたほうがいいのでしょうが、カイサにだって、賢明《けんめい》な教えが必要なときには口を出してくれる年輩《ねんぱい》のおばさんが、一人や二人いるでしょう。だから、その役目はおゆずりします。

それにわたしも、人のことをどうこういえる立場じゃないの。だって、じつはわたしも今週は、ぐるぐる渦巻《うずま》く楽しさの中に浸《ひた》って、揺《ゆ》れていたからです。手帳には、ベルティルと映画に行ったこと、母さんのお誕生日、その前後には、クラスの友だちの家でのコーヒーパーティに二度行ったことが書いてあります。

母さんのお誕生日のあと、この家がまだ無事に立っているのは、まさに奇跡《きせき》です。

母さんのお誕生日は、一年のうちでも、たぶん一番気合を入れてお祝いする日です。ほかの機会だって、うちの家族はお祝いごとを見逃《みのが》すような人たちではありませんが。まず父さんが、朝一番にお祝いのコーヒーのお盆《ぼん》を母さんのベッドまで運んでいき、スバンテのアコーディオンの伴奏《ばんそう》で、お祝いの歌を歌いました。歌は、お誕生日の何日も前から、練習していたのです。当日の父さんは、白くて長いねまき姿《すがた》でとてもかわいらしく見え、そのうえもっとお祝いらしくしようと、山高帽《やまたかぼう》までかぶっていました。

家族のほとんどが学校へ行かなければならないため、朝のお祝いは短いものでした。そのかわり、夜は徹底的《てっていてき》にやりました。毎年、母さんのお誕生日にはちがうだしものをします。今年は仮《か》装舞踏会《そうぶとうかい》でした。……なんていうと、ちょっぴりあつかましいでしょうが、ちゃんと衣装《いしょう》をつけて、ダンスもしたのです。

母さんはずいぶん前からみんなに、歴史上の人物か、本の登場人物に扮装《ふんそう》してみせてね、といっていました。わたしはなんの役をしようかと一人でぐずぐずと悩《なや》み、そのあとマイケンに何時間も相談に乗ってもらったのに、いざとなると、魔法使《まほうつか》いのポンペリポッサ（ファキール作の童話『長い鼻の魔法使いポンペリポッサ』の主人公。魔法を使うとどんどん鼻が長くなる）か、クレオパトラ（紀元前一世紀の古代エジプトの女王。鼻の高い美女という伝説が残っている）しか思いつきませんでした。わたしはクレオパトラのほうがいいなと思ったのですが、スバンテが、それなら絶対《ぜったい》に、二匹《ひき》のヤマカガシを首のまわりに巻《ま》かなくちゃだめだ、といいだしたのです。本当はもちろん猛毒《もうどく》を持つヘビでなくちゃいけないのですが（クレオパトラは毒蛇にわが身をかませて死んだと伝えられる）、急なことなので、おとなしいヤマカガシでもいい、と。

スバンテ自身も何になればいいのか悩《なや》んでいたので、クマのプーさんになれば、といってやりました。

「すごく脳みそのちっちゃいクマなんだから……あんたは生まれつきぴったりよ！」

直後、わたしはあわててしゃがまなくてはなりませんでした。ドイツ語の文法書が飛んできたからです。

母さんのお誕生日前の一週間はずっと、衣装《いしょう》にかかりきりでした。それぞれ人の助けを借りずにやること、という取り決めになっていたのですが、もちろんモニカは別です。屋根裏部屋の大きな衣装箱《いしょうばこ》に古い服がいっぱいつまっているのですが、何か使えるものがほしいと思って行ってみると、いつもだれかが掘《ほ》り返している、という調子でした。

当日が近づくにつれて、みんなますます秘密めかした行動をとるようになり、お誕生日のディナーのあと、それぞれが自分の部屋にひっこんで着つけを始めると、緊張《きんちょう》と期待で家じゅうの空気が震《ふる》えているようでした。アリーダに、夜の八時にドラを鳴らすよう頼《たの》んでありました。ドラを合図にみんな、きらびやかに飾《かざ》りたてた姿を現す、というわけです。

わたしはかなり興奮《こうふん》していて、ビロードのズボンをはくのも、やっとのことでした。結局よくよく考えて、『小公子』（アメリカの作家バーネット夫人の小説。アメリカの下町の子どもが、イギリスの伯爵の跡継ぎになる話）の主人公、小さなフォントルロイ伯《はく》になることに決めたのです。そのため、午後はずっと、髪《かみ》の毛にカーラーを巻《ま》いたままでうろうろしていました。このビロードのズボンは、古い黒のビロードのワンピースを自分で縫《ぬ》いなおしたのですが、仮縫《かりぬ》いはアリーダが手伝ってくれました。ズボンの上には、レースのえりとカフスつきのシルクのブラウスを着ました。カーラーをはずして髪《かみ》の毛を縦ロールに整えると、その効果にわれながらいたく満足しました。

　午後八時、アリーダがドラを打ちならすと、神々の黄昏《たそがれ》（北ヨーロッパの伝承・叙事詩などの中で、神々の時代が終わり人間の時代が来ることを表す言葉。この世の終わりという意味で使われることが多い）が来たように思えました。階段をバタバタと下りていく音がしたかと思うと、その直後、沈黙《ちんもく》が破られ、インディアンの叫《さけ》びがあがりました。戦いのおたけびを張《は》りあげていたのは、シッティング・ブル（アメリカ先住民スー族の頭領で、アメリカ騎兵隊を全滅させるなど、勇猛で知られた）でした。イエルケルは、前から持っていたインディアンの衣装《いしょう》を着て、顔をけばけばしい赤に塗《ぬ》っただけで、衣装《いしょう》の心配をせずに簡単にすませたというわけです。同時に、マイケンの部屋から、腕《うで》にかごをさげたかわいい赤ずきんちゃんがちょこちょこと出てきました。瞳《ひとみ》を輝《かがや》かせたモニカです。

　やがて、マイケン以外は、みんな居間に集合しました。父さんは二枚のシーツを体に巻《ま》きつけ、哲学者《てつがくしゃ》ソクラテス（紀元前五世紀のギリシア時代の代表的哲学者。知は絶対確実なもので、知の追究こそが真の幸福のために重要であると説いた）の扮装《ふんそう》をしていました。母さんは、父さんが凍《こご》えそうだからと、自家製のチェリーブランデーをすすめました。でも父さんは、ブランデーは好きじゃない、といってことわりました。

「わたしがソクラテスだからといって、ただちに毒の杯《さかずき》をあけなくたっていいだろう（ソクラテスは死刑の判決を受け、毒の杯をあおって死んだ）」

　最近『ジキル博士とハイド氏』（イギリスの作家ロバート・L・スティーブンソンの小説。人々に尊敬される学者ジキル博士が、残虐なハイド氏に変身する話）という恐《おそ》ろしい本を読んだスバンテが、その主人公に扮《ふん》して居間の戸口のところに現れると、かよわい赤ずきんちゃんは怖《こわ》がって叫《さけ》び声をあげました。黒いマント、つばの広いソフト帽《ぼう》、顔にはばんそうこう、口からはあやしい牙《きば》が飛び出しているというわけで、スバンテは、絶対《ぜったい》に自分の弟だとは認《みと》めたくないほどみごとに、不気味なハイド氏に変身していました。

スバンテが自慢《じまん》するところでは、この衣装《いしょう》はすごくうまくできているのだそうです。

「アイスクリームを食べるときは、ちょっと牙《きば》を取るだけで、ジキル博士になれるんだから」

ほかでもない赤ずきんちゃんのために、今晩はハイド氏はやめてずっとジキル博士でいてほしい、と真剣《しんけん》に頼《たの》んだのに、聞き入れてはくれませんでした。

父さんは、母さんもクサンティッペ（ソクラテスの妻。悪妻として知られる）の扮装《ふんそう》をすればよかったのに、といいました。けれども母さんは、その気はない、といいました。母さんは、父さんのお母さんのものだった一八八〇年代の古着を身にまとい、わたしは『人形の家』のノラ（ノルウェーの劇作家イプセンの戯曲の主人公。独立した人間として生きようとする新しい女性の典型とされた）なのよ、といっていました。でも、あなた方が、オペラ歌手のクリスティーナ・ニルソンとか、ソフィア王妃《おうひ》（十九世紀末スウェーデン国王オスカル二世の妃。看護教育や病院設立につくした）に見えるというのなら、そういうことにしといていいわよ、ですって。

マイケンが最後に登場したのは、どうすれば一番効果的か心得ていたからです。みんなが集まって、マイケンはいったい何をしているの、といぶかりだしたちょうどそのとき、アリーダが居間に顔をつっこんで、告げました。

「フランスの王妃、マリー‐アントワネット（フランス国王ルイ十六世の妃。美貌で知られたが、そのぜいたくがフランス革命の原因のひとつといわれた。革命後、ギロチンで処刑される）陛下のおなりー！」

その直後、マイケンが戸口に現れました。わたしたちはただ、驚《おどろ》きと賞賛の声をあげるばかりでした。いくらマイケンが器用でも、二枚の古シーツと少々のレースだけで、一七〇〇年代の美しい衣装《いしょう》を再現できるとは思っていませんでした。髪《かみ》の毛を高く結いあげ、おしろいもはたいています。たとえ本物のマリー‐アントワネットだって、これほど美しかったとは思えません。だって、もしこんなにきれいだったら、だれもマリー‐アントワネットの首をはねる気にはならなかったはずでしょう？

「いつ首切りを始めるの？」と、悪魔《あくま》のようなハイド氏がうれしそうにいいました。

「まあ、スバンテにはいつものケーキ切りで我慢《がまん》してもらわなきゃ」といって、マリー‐アントワネットは、みんなの誉《ほ》める声を聞きながら、ゆっくりと部屋の中へ入ってきました。

そのすぐあとで、お客さまたちが到着《とうちゃく》しました。オンケル・ブレーシグ（ドイツの作家フリッツ・ロイテルの作品『田園生活』の主人公。友人を助けるりちぎ者）に扮《ふん》した父さんの同僚《どうりょう》に、アンナスティーナ。彼女《かのじょ》はお父さんのえんび服を着ていました（『えんび服の少女』（スウェーデンの作家イェアルマル・ベリィマンの小説）を演じている、というのですが、そのまんまよね）。それにわが家の一番古い友人たち、アンナスティーナのお父さんとお母さん。アンナスティーナのお母さんは、『隣人《りんじん》たち』（十九世紀スウェーデンの作家フレッドリカ・ブレメルの小説）の主人公の継母《ままはは》、「わたしの親愛なるお母さま」のつもりなの、といっていました。アンナスティーナのお父さんのヨハンおじさんは、扮装《ふんそう》していませんでしたが、もうすぐ『メーデルスベンソン氏（平均的なスウェーデン人という意味）耳ふりあうも多生の縁《えん》で、遊び歩く』というタイトルの本を書く予定なので、今日はその本の主人公メーデルスベンソン氏だと思ってくれ、といいました。

「どうやって耳をふるか、まあ見てくれ」といって、おじさんは耳を動かしてみせました。ここまでうまく耳を動かせるなんて、芸術です。イェルケルはうらやましがって、その晩ベッドに入るまでずっと、しんぼう強く練習していました。

アイスクリーム、ケーキ、ワイン、コーヒー、クッキーなどでお客さまをもてなし、大人にはチェリーブランデーも出されました。

それからみんなでダンスをしたのですが、男性陣《だんせいじん》がたりませんでした。特に、ソクラテスとオンケル・ブレーシグとメーデルスベンソン氏が、トランプを始めて動かなくなってしまってからは。ソクラテスが一度トランプの手をまちがえ、その理由を長々と説明すると、オンケル・ブレーシグがこういいました。

「ソクラテスの弁明にしては、たいしたことのない弁明でござるな（『ソクラテスの弁明』は、ソクラテスと並び称されるギリシア時代の哲学者プラトンの著作のひとつ。ソクラテスが法廷で弁明する姿を描く。この言葉はすぐれた弁明のたとえとして用いられる）」

すると父さんは、こんなことでソクラテスの弁明を持ち出すのは冒瀆《ぼうとく》だ、といい返していました。そのあと、二枚のシーツしか着ていなかったソクラテスは寒くて凍《こご》えそうになり、リュウマチの気《け》もあるので、部屋にひっこんで、しっかり着こんできました。

スバンテは、もっとほかの人にも自分の扮装《ふんそう》を見てもらえないのを残念がって、マイケンに声をかけました。

「ぼくといっしょに大通りまで行ってくれたら、一クローネあげるよ」

「豪勢《ごうせい》なお誘《さそ》いね」マイケンは答えました。「でもね、肺炎《はいえん》になることを考えると、ちょっと料金が安いんじゃないかしら」

すると、スバンテがからかいました。

「おくびょうだな。だれか知りあいに会うのが怖《こわ》いんだろ。だけどこんな時間じゃ、大通りにはだれもいないよ」

もう、夜の十一時近くになっていました。この町では、みんな早い時間に床《とこ》につくのです。

いくらマイケンがことわっても、スバンテはしつこくねばりました。おがんだり、すごんだり、挑発《ちょうはつ》したりをくり返し、脅《おど》すことまでしたのです。

「もしもいっしょに行ってくれないなら、アンズタケの生えてる秘密の場所をみんなに教えちゃうよ」

スバンテ自身はアンズタケは好きじゃないのですが、マイケンにとっては、これはかなりこたえる脅《おど》しでした。そりゃ、アンズタケが生えるまでにはまだ何カ月もあるのですが、スメードバッカ牧場のハシバミの木の下の、大きなアンズタケが生える秘密の場所のことを人に知られると考えただけで、マイケンは震《ふる》えだしてしまいました。

そのせいで事《こと》が決まったのか、それとも、マイケンも内心ではスバンテの誘《さそ》いに興味をそそられていたのかは、わかりません。とにかく、マイケンはスバンテといっしょに出ていきました。ハイド氏は山高帽《やまたかぼう》を頭にのっけてアントワネットの腕《うで》をとり、二人して夜中に出ていったのです。

でも、このことを知っていたのは、アンナスティーナとわたしだけでした。イェルケルとモニカはもう寝《ね》ていたし、大人たちにそんなことを知らせるなんて気はありませんでした。

このあとのことはすべて、目撃者《もくげきしゃ》であるスバンテから聞いただけで、わたし自身が見たわけではありません。ハイド氏とフランスの美しい王妃《おうひ》は、長い道のりを大通りまでたどりつくことはできませんでした。大通りに行くには、庭に囲まれた家が両側に立ち並ぶ細い道を通らなくてはならないのですが、きれいに扮装《ふんそう》した二人が百メートルほど行ったところで、突然《とつぜん》、一軒《けん》の家のドアが開き、男とおぼしき姿が現れ、きびきびとした足取りで通りに出てきたのです。

極悪非道《ごくあくひどう》のハイド氏は、通りの植えこみの陰《かげ》に頭から飛びこんでしまい、マリー＝アントワネットは一人で立ちつくし、助けを求めてきょろきょろするはめになりました。それから思いきってむきを変えて逃《に》げようとしたのですが、それは、すその広がった、ギャザーのいっぱいあるスカートをはいて動くのに慣《な》れていない身には、簡単なことではありませんでした。で、マイケンはスカートのすそを踏《ふ》んで、足をくじいてしまったのです。もしもその見知らぬ男が両腕《りょううで》で抱《だ》きとめてくれていなければ（これって恋愛小説《れんあいしょうせつ》のようじゃない？）、派手《はで》にころんでしまうところでした。

「ああ、なんていやなやつ」マイケンはうめきました。

生け垣《いけがき》の後ろにいたスバンテには、その声がよく聞こえました。スバンテには、いやなやつってだれのことかよくわかっていましたが、もちろん見知らぬ男にはわかるはずがありません。

「ぼくのこと、ですか？」男がたずねました。

「いいえ、ちがいますわ、もちろん……ごめんなさい……放《はな》してくださいな」マイケンは困っていいました。

男はいわれたとおりにしたのですが、その結果、マイケンはまたころびそうになりました。つまり、ちゃんと立てなくなっていたのです。そのあとのなりゆきはというと、スバンテの説明によれば、マイケンが男の首にすがりついたというのです。

「そんなのまったくの嘘《うそ》っぱちよ」と、マイケンはいっていますけど。

どちらを信じればいいのかわかりませんが、真実はたぶん、よくあるように、両者の中間あたりということでしょう。

「あなたは夢でしょうか、それとも幻《まぼろし》でしょうか?」男がいいました。

「弟を撃《う》ち殺《ころ》してやりたいと思っている、ただの運の悪い人間ですわ」マイケンがそっけなくいいました。

結末は、マリー＝アントワネットは自分の足で歩かずに、家に帰ってきたということです。男は、抱いてきた美しい王妃を玄関《げんかん》まで運び、家族の手にゆだねてから、ていねいに自己紹介《じこしょうかい》をしました。

その人は、アルムクビスト氏という名前で、新しく町に来た山林局技官だということがわかりました。しごく当然のことですが、アルムクビスト氏はお誕生日のパーティに誘《さそ》われました。それからあと、マイケンはずっとソファで横になっていて、アルムクビスト氏が忠実にそばにつきそっていました。

ハイド氏も家に帰ってきました。安全のために、一応裏口からこっそり入ってきたのですが、マイケンの怒《いか》りの視線を気にもせずに、すぐにほかのみんなの中に混《ま》ざってしまいました。スバンテはいいました。

「ぼくの目がまともに見えてるとすれば、あそこに来てるのは、ルイ十六世（フランス革命当時の国王、マリー＝アントワネットの夫。革命後、ギロチンで処刑された）だな」

ほんとにスバンテのいうとおりなのかどうか、わたしにはよくわかりません。たしかに、母さんのお誕生日パーティのあと、ねんざもよくなってきたマイケンは、今までと全然ちがって見えます。軽く足をひきずって歩きまわりながら、ずっと夢見がちな表情をしているので、わたしはひどく心配です。

パーティのあとすぐに、アルムクビスト氏からマイケンに、大きなチューリップの花束が届きました。そのうえ、その後、足のぐあいはいかが、といって毎日電話してくるだけでなく、ちゃんと歩けるようになったらすぐにでも会いたい、といっているらしいのです。これが恋愛《れんあい》の始まりじゃないっていうのなら、わたしは喜んで帽子《ぼうし》を食べてみせるわ。

パーティが終わるまでに、もうひとつ事件がありました。騒《さわ》ぎを起こしてくれたのは、やっぱりスバンテでした。スバンテが学校の教科の中で唯一《ゆいいつ》興味を持っているのは化学なんですが、みんなが居間のソファに座って、そろそろお開きという雰囲気《ふんいき》になったころ、突然《とつぜん》スバンテが玄関《げんかん》ホールのドアのところから、大声でこういったのです。

「祝砲《しゅくほう》のないお誕生日なんて、お誕生日といえるだろうか?」

その直後、祝砲《しゅくほう》がとどろきました。でも、いったいなんという祝砲《しゅくほう》だったことでしょう! スバンテは自分の化学の知識を過大評価し、準備した小さな爆弾《ばくだん》のききめは過小評価していたにちがいありません。

女性たちの叫《さけ》び声が静まり、煙《けむり》もおさまってみると、スバンテは、はがれ落ちた天井《てんじょう》のしっくいにまみれてつっ立ったまま、びっくりして目をぱちぱちさせていました。右手に大きな傷ができていて、ハイド氏というよりは、煙突掃除屋《えんとつそうじや》フレッドリクソンさんって感じになっています。ハイド氏の牙《きば》はまだ残っていましたが、ぶらぶらと頼《たよ》りなげに揺《ゆ》れていました。

三十分ほどして、ようやくあたりが多少きれいになり、傷にも包帯を巻《ま》いてもらうと、スバンテはいいました。

「さあ、次は何をしようか」

すると、マイケンがいいました。

「いとしいスバンテ、今日はもうじゅうぶんいろいろしてくれたわ。ここらで活動をやめてくれると、とてもありがたいわ。この家がまだ無事立っていて、自分の足で歩ける人が残ってるうちにね」

するとすぐに、山林局技官のアルムクビスト氏が、マイケンをじっと見つめていいました。

「スバンテくんの活動が悪いことばかりだったとは思いませんが」

はい、これが母さんのお誕生日でした！ さて、わたしもここらで活動をやめようと思います！

バイバイ！　ブリット－マリ

二月十五日

親愛なるカイサさま！

きのうは、女学校も男子高もスポーツ休みでした。スキーをするには、今一歩雪の状態がよくなかったのですが、ワックスをしっかり塗《ぬ》ると、まあまあでした。森の中ですべるのは、たとえ短いあいだでも、すばらしかったです。

わたしは、今日は上手にすべれるぞ、という気がしていました。クリスマスプレゼントのスキーズボンは、湖にはまったあとちゃんと洗ってアイロンをかけてあったし、赤いセーターを着ていたんですもの。せっかくのセーターが見えなくなるといやなので、ジャケットのボタンはわざととめないことにしました。友だちがうらやましがるのは、このセーターなんですから。スキージャケットのほうはつまんない薄《うす》いブルーで、とりはずしのできない帽子《ぼうし》がついているのです。カイサは、スキーウェアには興味がないんだっけ？　いいわよ、喜んで何かほかのことをお話ししましょう。

アンナスティーナの両親が持っている、町から五キロほどのところにある小屋へ、何人かで出かけることになりました。アンナスティーナ、マリアン、わたし、ベルティル、オーケ、それにあと二人、カイサに話したことのない人もいっしょでした。そして出かける直前に、あんのじょうスティーグ・ヘニングソンも駆《か》けつけて、いっしょについてきました。

わたしはスティーグが苦手だし、ベルティルもいやがっています。ベルティルもあいつがきらいだというのは、うれしいことです。

ところがスティーグは、スキーが抜群《ばつぐん》にうまいんです。でも、お父さんが毎年山へスキーに行かせてくれるんなら、上手でもあたりまえよね！　スティーグはあらゆるチャンスをとらえて、すばらしいテクニックを披露《ひろう》しようとしました。わたしたちはクロスカントリー・コースをすべっていったのですが、町は丘《おか》に囲まれているので、スティーグが腕前《うでまえ》を見せびらかせる斜面《しゃめん》や、ジャンプ台がわりになるところもたくさんあるのです。

ベルティルは、スティーグに対して少しいらいらしているようでした。うらやましがっているというのとは、ちがうのです。スティーグをねたんでいるなんてはずはありません。ベルティル自身、じゅうぶん上手にすべれるのですから。

けれども、スティーグが特別優雅《ゆうが》にシュプールを描《えが》いてみせるときの自己満足の顔を見ると、だれだってかりかりしてしまいます。わたしも、ちょっぴりでいいからスティーグが恥《はじ》をかいてほしいと、熱く、心から願いました。

願うだけじゃなんの力にもならないなんて、いわないでちょうだいね！　スティーグがころんだのは、性悪《しょうわる》な木の根のせいだけじゃなく、わたしの強烈《きょうれつ》な願いのおかげもあったと確信しているのですから。

そう、ころんだのよ、スティーグのやつ。みごとに、優雅《ゆうが》さのかけらもなく、まったくばったりところんじゃったの。スティーグがやっとのことで起きあがって、木の根の悪口をさんざんいいながら雪をはらっているあいだ、ほかのみんなは心底喜んでいたと思います。スティーグの悪口とは逆に、わたしなど、都合よくそこに突《つ》き出ていてくれた小さな木の根に、本気で愛情すら感じたものです。

わたしたちはいい気分で、アンナスティーナの家の小屋に到着《とうちゃく》しました。暖炉《だんろ》に火をおこして、オープンサンドイッチやココアの入った魔法瓶《まほうびん》を並べると、いっそういい気分になりました。最初はみんながベックリング（バルティックイワシの薫製）になりそうなほど暖炉《だんろ》が煙《けむ》っていたのですが、それもまもなくおさまりました。

まあ、スキーのあとって、なんて食欲が出るのかしら！　みんな、けもののように食べました。わたしは、大きなハムのオープンサンドイッチをふたつと、キャビアのと、チーズのとを食べて、大きなコップでココアを飲んでから、目を光らせてサンドイッチのお皿をうかがい、なくなる寸前にもうひとつ、シル（ニシンの酢漬け）とポテトののっかった固パンのオープンサンドイッチを手に入れました。よかったわ、あれがなければ、空腹で死んでいたところよ。

アンナスティーナの家の小屋は、本当に快適なんです。食べ終わると、みんなでただ座っているだけで、すっかり満足でした。

そのあと、蓄音機《ちくおんき》があるので、ちょっと歌いながらダンスをしました。スキー靴《ぐつ》をはいていたうえ、レコードは一八〇〇年代の後半あたりの音楽だったにもかかわらず、楽しめました。ベルティルがどんなに美しい声をしているか、カイサにも聞かせてあげたかった！

二人でいっしょに踊《おど》ったとき、ベルティルが、「コステルワルツ（スウェーデンの西海岸ボーフスレンにあるコステル〈両頭船〉の船乗りに伝わる音楽）を踊《おど》ろう、きみの柔《やわ》らかな腕《うで》をぼくの首にからませておくれ」と歌ったものだから、わたしはあやうくベルティルの歌を信じて、そのとおりにしてしまうところでした。

それから、火にもっと薪《まき》をほうりこみ、おしゃべりをしました。最初はいつものように冗談《じょうだん》をいいあい、互《たが》いに気のきいた受け答えをしようとがんばっていました。でも、学校や先生の話が終わると、しだいに将来の話になってきました。アンナスティーナがいいました。

「大学受験資格はとらないつもり。だって、結婚《けっこん》したいだけなんだもの」

「だけ、なんていわなくてもいいわよ。結婚《けっこん》はくだらないことじゃないもの」マリアンがいいました。

ところですごく不思議なのですが、かわいそうにマリアンは、スティーグに夢中なのです。

こうして、話題は結婚《けっこん》のことになりました。アンナスティーナがいいました。

「ねえ、みんな。未来の奥《おく》さんやご主人に絶対《ぜったい》に必要な条件って、なんだと思う？」

みんな、しばらく考えこみました。でも、ベルティルはすぐに答えを出しました。

「誠実だということ！」

すると、一番の大食漢であるオーケがいいました。

「食事を作れること」

「本と子どもが好きなこと」わたしもいいました。

「生涯《しょうがい》わたしを愛してくれること、アーメン」マリアンが、教会での結婚式《けっこんしき》の同意のまねをしていいました。

「わたしは、健康な体に健康な精神、そして銀行に少しはお金がある人がいいわ」アンナスティーナがいいました。

スティーグは、いつものようにちょっと傲慢《ごうまん》な笑みを浮《う》かべながら、座っているいすを前後に揺《ゆ》らしていましたが、みんなが意見をいい終えると、口を開いてこういいました。

「ダンスができて、色っぽくて、ぼくがほかの人とちょっと楽しんでも騒《さわ》ぎたてない女がいい」

「ちぇっ、なんてやつだ」ベルティルがいやな顔をしました。「十七歳《さい》でそんなこと考えてるとしたら、もっと年をとったらどんなやつになるんだろう？」

「もちろん、さらに皮肉っぽく、不愉快《ふゆかい》な人になるでしょうよ」わたしがいいました。

みんなも、スティーグの描《えが》く奥《おく》さんの理想像はひどすぎる、と口々にいいました。特にマリアンは激《はげ》しい調子で、本気でスティーグに食ってかかっていました。マリアンはきっと内心、傷ついていたのだと思います。

「きみらは絶望的に田舎者なんだよ。それがきみらの大きな欠点だな」スティーグはいいました。「それに子どもっぽいよ。人生って、ぼくのいってるようなもんだよ、わかんないかな。日曜学校じゃないいんだからさ、まったく！」

「そりゃ、そのとおりかもしれない」ベルティルがいいました。「だけど、もしも若いぼくたちまでがきみみたいに考えだしたら、人生も世界もよくなっていかないじゃないか」

ベルティルはかなり気がたっているようでした。こういう話になると、特にかっかしやすいのです。雰囲気《ふんいき》が気まずくなってきたので、家に帰ることになりました。どっちにしろお日さまも相当低くなり、そろそろ帰る時間だったのです。

でも、スティーグの言葉のあと味の悪さは、すべりはじめるとすぐに消えてしまいました。お日さまが沈《しず》みかかると、雪はバラ色に染まり、木々も茂《しげ》みも、みな青い影《かげ》を落としはじめました。みんな、最初から猛《もう》スピードで飛ばしました。

わたしとベルティルはずっと並んですべっていきましたが、何もしゃべりませんでした。けれど、わが家の門の前でさよならをいったときだけは別でした。ベルティルがこういったのです。

「ぼくは、本、好きだよ。もちろん子どももさ！」

そしてキックターンをすると、すごい速さで、下の道にむかってすべっていってしまいました。わたしはぼうっとつっ立ったまま、見送っていました。スバンテが窓から顔を出して、こういうまで。

「とりあえず男を追っぱらったんだから、もう入ってくれば？」

スバンテは、台所でスキー靴《ぐつ》のしめったひもをほどいているところでした。わたしも入っていって、仲間に入りました。イェルケルがそばで、小学校にはなぜスポーツ休みがないの、といって、ふくれていました。

その晩は、マイケンが山林局技官アルムクビスト氏をディナーに招待していました。というより、アルムクビスト氏が押《お》しかけてきた、というほうが近いでしょう。愛情物語は確実に発展しています。アルムクビスト氏は、ますます夢中のようです。わたしが見たところ、アルムクビスト氏は、マイケンのように完全無欠な人はまちがってこの地上に下りてきただけで、本当は天使の世界に属する存在なのだ、と信じこむ段階に達しています。そして、マイケンが彼《かれ》を見るまなざしも、ハーグストレム家の家事の未来にとって、いい兆候《ちょうこう》とはいえません。

とはいえ、楽しいディナーになりました。中でも一番おもしろかったのは、モニカが突然《とつぜん》アルムクビスト氏にむかって、こう聞いたときでした。

「スバンテが、おじさんはマイケンが好きだといってたけど、ほんと？」

マイケンは美しい頬《ほお》を赤く染めましたが、スバンテと山林局技官はそろってばつの悪そうな顔になりました。母さんがすぐに話題を変えて、気まずい状《じょう》況《きょう》を救いました。みんなも、そろって何事もなかったかのように話し続けました。

「だあれも、おへんじしてくれない。あたしがきいてるのに」モニカはぶつぶつと、一人で怒《おこ》っていました。

けれども、食事がほとんど終わりそうになったころ、ふとモニカを見たスバンテは、カスタードプリンを口いっぱい頬《ほお》ばっていたのに、吹《ふ》き出してしまったのです。どうしてそんなことになったか、あてるのは簡単です。よくあることですが、スバンテはちょっと笑いだしたが最後、どうしても笑うのを止められなくなったのです。止めることは不可能でした。わたしだって、つられて笑わないようにと足をつねっていたのに、笑いだしてしまったのですから。

父さんが厳《きび》しい目で、わたしとスバンテをにらみましたが、なんの助けにもなりません。モニカも、ほかの人が笑っているのがうれしくて、にいっと小さな米粒《こめつぶ》のような歯を見せ、おつきあいで笑っています。まだ笑いやめられないまま、わたしは思いました。母さんがどれぐらい我慢《がまん》できるか見ものだわ、と。

そう考え終わらないうちに、母さんがりんりんと響《ひび》くような笑い声をあげました。それからはもう、ブレーキがきかなくなりました。みんな涙《なみだ》が出るほど大笑いしました。

とうとう父さんが涙《なみだ》をぬぐうと、いいました。

「うちのようにしつけの悪い子どもがそろっている家族なんて、ほかにあるのかな」

「ありませんよ」と、母さんもいいました。「でもこの子たちは、しつけが悪いわりには、不思議にいい子に育ってると思うわ」

でもわたしは、山林局技官が自分の家で正気に戻《もど》ったらどう思うことか、と心配になりました。

マイケンも、アルムクビスト氏が帰ったあとでいっていました。

「たった今、ガラスの山（女性が結婚をあきらめること）に決まったようなものね。だって、まともな男の人ならだれも、将来結婚《けっこん》してこの家族の一員になりたいとは思わないでしょう」

そのあとで、小さな天使のような、何も知らない無邪気《むじゃき》なモニカが、マイケンの膝《ひざ》の上にはいあがっていいました。

「ねえ、さっきここにいた、顔が赤くなっていたおじさん、マイケンのことが好きなのってば？スバンテがそういってたのよ」

とたんに、マイケンがサソリに刺《さ》されたみたいに飛びあがったので、スバンテも、安全なところに身を隠《かく》すべきときだと悟《さと》りました。スバンテはイェルケルの部屋に逃《に》げこむと、マイケンが足を踏《ふ》み入れる前にドアを閉めてしまいました。マイケンが叫《さけ》びました。

「出てきなさい、卑怯《ひきょう》者《もの》。あんたの鼻にかみついてやる」

スバンテがいい返しました。

「ぼくはライオンの調教師じゃないからな。かむのをあきらめるまで待つさ」

すると、マイケンはあきらめたようでした。けれども夜九時ごろ、スポーツ休みで疲《つか》れきったスバンテがどさっとベッドに倒《たお》れこむと、シーツが途中で上に折りたたまれていて、布団に足が入らないようになっていました。

スバンテは、シーツをあんなふうにしたのはブリット－マリかい、と聞きに来ました。わたしは、あんたがそうされて当然のことをしたんなら、毎晩でもシーツに細工をするけれど、残念ながら今夜はそんな気にはならなかった、といいました。

「じゃ、マイケンだな。マイケンは今、正気じゃないから、責任能力がないってことで、まっ、許してやるか」と、スバンテはえらそうにいって、消えました。

さあ、英語の文法書と地理の教科書が非難がましくこっちをにらんでるから、そろそろ今日はお別れしなくちゃ。

心からのご挨拶《あいさつ》を。

ブリット－マリ

三月三日

親愛なるカイサさま!

ずいぶん長いこと手紙が来ないと思ってたでしょ、カイサ? ほんとにごめんね。いいわけとして、学校で信じられないほどたくさん用事があったことと、今週はずっと、お客さんがいらしてることだけはいわせてね。

外国から来た四人のお客さんが、わが家でしばらく羽を休めているのです。このお客さんというのは、母さんが泊《と》まってもらうことにした四人の避難民《ひなんみん》の人たち、つまりユダヤ人の母親ホルト夫人と、三人の小さな子どもたちのことです。四人は日曜日の夜にやってきました。その夜わたしがベッドで流した涙《なみだ》で、まだ枕《まくら》が濡《ぬ》れている気がします。

この世にこのお母さんほど、完全に望《のぞ》みを失った悲しい目をしている人はいないでしょう。それにこの三人ほど、大人のような表情の青白い顔をした子どもたちもいないでしょう。二人の女の子は、わたしの部屋で寝《ね》ています。が、眠《ねむ》っているあいだすら、すっかり安心はできないらしく、ごくわずかな音でも目を覚ましてしまうのです。そんなに張《は》りつめた気持ちのままで横になっているのかと思うと、悲しくてしかたがありません。

お母さんのホルト夫人は、勇気のある人です。夫がどこにいるのかわからず、これから先、生きて再会できる確率もごくわずかだというのに、絶望しないでいようと努めています。ときには笑おうとさえするのですが、目だけはどうしても笑うことができません。あまりに多くの悲しいことを見すぎたのだと思います。

ホルト夫人の息子のミカエルは、イェルケルとちょうど同じぐらいの年なので、イェルケルの部屋で寝起《ねお》きしています。つらい経験は、ミカエルにはあまり影《かげ》を落としていないようで、二人がいっしょに楽しそうに笑うのが聞こえてきます。けれども、イェルケルの生まれつき安心しきったような、あけっぴろげなところは、ミカエルには見られません。

カイサ、この先、すべての子どもが安心して暮《く》らせるような世の中になっていくと思う？　みんなでそう願わなくてはならないし、そのために努力しなくては。そういう世の中にならないんなら、どうやってみんな生きていけばいいっていうの？

つらく悲しい手紙になっちゃったけど、まだわたしが感じている悲しみの半分も書けていませんん。許してちょうだい！

ゆうべ、お客さまの気晴らしにでもなればと、ささやかな音楽の夕べをしました。母さんはピアノを弾《ひ》きましたし、ホルト夫人の二人の女の子たちも連弾《れんだん》で演奏しました。それから、わが家のメンバーでいつものように歌いました。母さんとわたしとイェルケルが一番上のメロディ、スバンテとマイケンが中声、そして父さんが低音です。いろんな歌を歌ったあと、カイサも知っているこの曲を、ドイツ語で歌いました。

喜びなさい　あなたの命を
まだ灯《あか》りが　ともっているうちに
つみなさい　バラの花を
花が　しおれるまでに

歌い終わるとしばらくしんとして、ホルト夫人のすすり泣く声だけが聞こえていました。カイサ、わたしはあんなつらそうな泣き声を聞いたのは、はじめてでした！　生きているかぎり、あの声は忘《わす》れられないでしょう。今ひとたび、ホルト夫人がこの人生でバラの花をつむことができるようにと、心の底から願っています。

明日、ホルト夫人たちはここを発《た》ち、次の場所にむかいます。そこにしばらくは滞在《たいざい》できるそうです。でも、たいして長くじゃないみたい。

家がない……ほんの小さな家もない、などというつらく厳《きび》しい運命は、わたしには想像できません。この楽しくて居心地《いごこち》のいい家の中を見まわしていると、心にひどく痛みを覚え、胸がちくちくとうずきます。うちは家具もぼろだし、自慢《じまん》するような優雅《ゆうが》なものなど何もありませんが、とにかくここはわたしの家、のびのびと安心して暮《く》らせる家庭なのです。
おやすみ、カイサ。今から布団にもぐりこんで、うんと泣くことにします。そうしないといられないわ。

親愛の情をこめて　ブリット－マリ

三月十六日

こんにちは、カイサさま！

ストックホルムは春らしくなりましたか？　こちらもちょうど春めいてきたところよ、とまではいえないのですが、雪どけが始まりました。雪どけは、春へむかうはじめの一歩よね。空もときどき、色見本のカードのようにいろんな色に染まって、今年もちゃんと春になるから心配しなくていいよ、と安心させてくれます！

春！　春！　楽しい気分になるというだけで、二回も書いちゃった。でも、この手紙、急いで出しに行ったほうがよさそうね、だって明日は、三月の寒さの記録を塗《ぬ》り替《か》えるような、世紀の雪嵐《ゆきあらし》になるっていうんだから。

それはそうと、人生はショッキングなことで満ちていると思いませんか。

ゆうべ、みんなが夕食のテーブルについてみると、にぎやかな家族の中で、イェルケルが欠けていることがわかったのです。これだけなら別に、めずらしいことではありません。イェルケルのような小さい子が、元気に楽しく遊んでいれば、「時計もなく、カレンダーもなく、三度の食事もない状態」になっても、あたりまえです。

けれど七時近くになると、母さんは心配しはじめて、急いで捜《さが》してきて、とスバンテとわたしを送り出しました。でも、だめでした。歯がいっぱい抜《ぬ》けた男の子は、近所にも、町じゅう捜《さが》しても、見つかりません。

しかたなく家に帰って母さんに報告したとたん、母さんはくたくたと倒《たお》れこみ、泣きだしてしまいました。

マイケンは、できるだけ冷静な調子でいいました。

「泣かないで！　もうすぐ帰ってくるわよ。いつもそうじゃない。帰ってきたら、イェルケルをぶってやれるだけの力を残しておかなくちゃ。今日は一日じゅう、オーブンの前に立ちっぱなしでいろいろお料理してたから、疲《つか》れてるけどね」

でも、夜の九時になると、さすがのわたしもちょっと心配になってきて、父さんといっしょにもう一度、捜《さが》しに出ました。スバンテは、どうしても宿題をしなくてはならないので、家に残りました。父さんとわたしは一時間近く歩いて、会う人ごとにたずねました。とうとうわたしは膝《ひざ》ががくがく震《ふる》えだし、歩けなくなってしまいました。

ちょうどそのとき、父さんの学校の先生に会いましたが、その先生が何げなくこういったのです。

「町にジプシーが来ているそうですな」

わたしはほっと胸をなでおろして、いいました。

「それでわかったわ。父さん、イェルケルを連れに行きましょ」

ジプシーのキャンプは、町の南のはずれにある税関跡のそばにありました。数百メートル手前から、馬のいななきや男たちののしり声、女たちのいい争う声や子どもたちの叫《さけ》ぶ声が聞こえてきました。髪《かみ》の黒い小さな子どもたちが、キャンプじゅうにたくさんいます。

父さんは、片《かた》っ端《ぱし》からテントをのぞいていきました。するとやっぱり、ひとつのテントの中に、イェルケルが座っていました。すっかり興奮して目をきらきらと輝《かがや》かせ、何かに夢中になっているようです。見たところ、同じテントにいる五、六人のジプシーの子どもと仲よしになったみたいでした。

わたしたちに気づいたとたんに、イェルケルの喜々とした目の輝《かがや》きが消えてしまったのを見ると、わたしはなんとなく悲しくなりました。イェルケルは駆《か》けよってきて、心配そうにたずねました。

「みんな、もう晩ごはん食べた?」

「もちろんよ。うちでは、夜の十時まで夕食をとらないことなんて、ほとんどないでしょ」

「母さん、心配してる?」と、自分も心配そうに、イェルケルが聞きました。

「そりゃ、あたりまえだ」父さんが答えました。

すると、イェルケルは矢のようにテントを飛び出していき、わたしと父さんが家に着いてみるともう、泣いている母さんの腕《うで》の中でした。

マイケンは、ちょっぴりだけぶってやりたいといったのですが、母さんは、恐《おそ》ろしいことにならずに、イェルケルが無事帰ってきたのはすばらしいことよ、といって、ぶつどころか、どっさり食べ物を出してやりました。ソースのかかった子牛のステーキ、ポテト、きゅうり、オーブンサンドイッチ、リンゴのムースなどが全部、歯の抜《ぬ》けた口の中に、みごとなスピードで消えていきました。

「聖書にあるとおりだよ」スバンテがいいました。「遊びまわってた息子に、上等の子牛のステーキを出してやるなんて（『新約聖書』の〈ルカによる福音書〉に登場する話。わけてもらった財産を、遊びに使いはたして戻ってきた息子を、父が祝宴を開いて迎えたという内容）」

まったく、人生はショッキングなことだらけです。先日は、親しくしていたきこりのウッレじいちゃんが亡くなりました。じいちゃんはアリーダの従兄で、ちょっと気が弱いけれど心のやさしい、とても思慮深《しりょぶか》い人でした。子どものころいつもそばにいてくれた人が亡くなって、悲しくてなりません。じいちゃんが昔、人形のベッドを作ってくれたことは、絶対《ぜったい》に忘《わす》れません。

アリーダはウッレのことで盛大に嘆《なげ》き悲しんでいますが、それはひとつにはウッレのことが好きだったからで、もうひとつには泣くことが好きだからです。アリーダはしばらくのあいだ、たいそうな喪服《もふく》を着ていたのですが、この前、ちょうど肉だんごを作っているとき、恐《おそ》ろしいことに気づいて叫《さけ》びだしました。

「ウッレが死んだというのに、わたしったら赤いズボンをはいたりして、なんてことだろう！」

そういってアリーダは、激《はげ》しく泣きだしました。もしウッレがこれを見ていたら、生きていたときの口ぐせどおり、きっとこういったでしょうよ。

「まったく、ご婦人ってのはよく泣くものですな！」

三番目のショックなことは、今日起こりました。非常に不愉快《ふゆかい》なことなので、あまり話したくないのですが。

母さんに用事を頼《たの》まれて出かけたとき、マリアンの住んでいる下宿の前を通りかかると、スティーグ・ヘニングソンが門のところに立っていて、こういったのです。

「やあ、ブリットーマリ。ちょうどよかった、マリアンがきみと話したがってるぜ」

そのときから、変だとは思ったの。だって、マリアンとはつい二時間前まで、学校でいっしょだったのですから。

でも、まあマリアンの話っていうのを聞こうと、階段をどんどん上がっていくと、スティーグがあとからついてきました。カイサもたぶん覚えていると思うけれど、スティーグはマリアンと同じ建物に下宿しているのです。

マリアンの部屋に入ってみると、マリアンはいなくて、もちろんほかにだれもいませんでした。

「じゃあ、マリアンはぼくの部屋にいるんだ」スティーグがいいました。

ますます変な話だと思いましたが、とにかくスティーグの部屋に行ってたしかめようとしました。こちらの部屋もからっぽでした。

「じゃ、マリアンは出かけたんだな」というと、スティーグは後ろ手でドアを閉め、こういいだしたのです。「きみは本当にかわいいよ、ブリットーマリ」

わたしはいいました。

「あなたがなんと思おうと、全然関係ないわ。外へ出して！」

「そんなに急がなくてもいいだろ」と、スティーグ。「ちょっとおしゃべりでもしようよ」

「ありがたいことに、話すことなんてなんにもないわ。だから帰るわ」

「そんなこといわずに」といって、スティーグはいやらしい笑みを浮《う》かべながら、近づいてきました。「そんなにえらそうにするなよ、ブリットーマリ。もう少しものわかりよく、やさしくならなきゃ、男にもてないぞ」

「ほかの男がどう思うかなんて、あなたにわかるわけないでしょ」わたしは猛烈《もうれつ》に怒《おこ》っていいました。「あなたにわかるのは、せいぜいはなたれこぞうのことぐらいよ！」

そしてわたしは、ドアにむかってまっすぐ歩きだしました。スティーグがつかみかかってきましたが、わたしだって、いつもスバンテと無駄《むだ》にとっくみあいをしているわけじゃありません。ぎゅーっとつねるのだって、お手のものですからね。そんなわけで、スティーグをふりはらって部屋の外へ飛び出したのですが、そのときにはもう、かんしゃく玉《だま》が破裂《はれつ》する寸前みたいにかんかんに怒《おこ》っていました。

ちょうどそこへ、オーケが帰ってきました。つまりオーケもここ、リンドベリィ夫人のやっている町で一番大きな学生下宿に住んでいるのです。オーケに、スティーグをやっつけるのを手伝ってもらいたいのは山々だったのですが、オーケは親切だけれど、いわゆる戦闘《せんとう》にむくタイプではありません。だから、ひとことも口をきかずに、下宿から走り出しました。

ほんとに、頭から湯気が出そうなほど腹がたっていました。どうしてもだれかに話して気を楽にしたかったので、家に帰ると、スバンテにすっかりうちあけました。

「外で電柱でも蹴《け》りたおしてこいよ」とスバンテはいいましたが、それはわたしの激《はげ》しい怒《いか》りをなだめようとしていっただけで、本当はスバンテも、わたしと同じぐらい怒《おこ》っていました。

「ぼくがたったの十四歳《さい》じゃなかったら、あのごろつきめ、ただじゃおかないんだけど」スバンテはため息をつきました。わたしは内心ほろりとして、いいました。

「いいの、わたしのために面倒《めんどう》に巻《ま》きこまれるのはやめて。遅《おそ》かれ早かれ、あいつとはきっちり決着をつけてやるから」

ねっ、人生はショッキングなことで満ちているって、信じられるでしょう、カイサ？

厳《きび》しい試練に耐《た》えたブリット－マリより

四月二日

わたし、この前の手紙でなんていったかしら、カイサ。人生はショックなことで満ちてるっていったでしょ？　それともいわなかったかしら？

でもあのときは、どんなに本当のことをいってるか、自分でわかっていませんでした。

カイサ、わたしがどうしてこんなに悲しい気持ちになっているか、わかってくれる？　人生って、うれしいときにはとてもわくわくするけれど、悲しいときにはとてもつらいものです！　苦しみを与《あた》えられるというのは、きたえられているということかもしれません。きっと今は、試練のときなのです。

もう少しくわしく説明したほうがいいわね。たぶん、いったい何が起こったのかと思っているでしょう？

ああ、わたしの人生がすっかりめちゃめちゃになっちゃった、それだけよ！　それ以外は何も起こっていません。わたしの知るかぎり、自然災害も殺人劇も起こってはいません。ほかの人はみんな、のんきにそこらを歩きまわり、この世はすばらしくて、すてきなところだと信じているみたいに見えます。わたしだけがこんなつらさを味わっているなんて、耐《た》えられない！

カイサの想像しているとおりよ！　恋《こい》の悲しみなの！　こんなこと、同い年の人にしかうちあけられません。大人には、まだ十五歳のくせに恋のせいで絶望的になってるなんて、どうしても理解できないでしょうよ。大人がわかってくれれば、ねえ！　恋《こい》のせいでどんなに胸が痛くなるかということを、って意味だけど。今のわたしの苦しみは、数多くの有名な悲恋《ひれん》の主人公とくらべても、ひけをとらないと思う。

ベルティルが、もうわたしのことを好きじゃないらしいのよ。ああ、書いちゃった。ベルティルはもうわたしのことなど気にもしてない。たったの二十三文字なのに、書くのはつらいわ。まるで、今まで一度もいっしょに月を見たことはない、林の中を散歩したこともない、ダンスをしたことも、映画に行ったことも、並んでスキーをしたこともないみたいに、無視されているの。こっちが夢を見ていただけだったのかしら、という気がするほどです。

夜、ベッドにもぐりこむと、「どうして、どうして、いったいどうしてなの？」と問いかけては、自分を苦しめています。どうして、ベルティルはもうわたしのことを見てくれないの？　正面から聞いてみようと思って、ベルティルに会おうともしたのですが、むこうがわざと避《さ》けるの。何かでたまたま出会っても、本当に氷のように冷たい表情で会釈《えしゃく》するだけで、行ってしまうのです。わたしは家に帰ると、鏡の前に立って、心労のあまり白髪《しらが》が生えてきたんじゃないか、と調べてみるわけ。

もしもほかにもっと好きな人ができたというのなら、ベルティルはわたしにそういうべきです。

「誠実」をモットーにしている彼《かれ》なら、今とっているような態度は絶対《ぜったい》にできないはず……。それでも、そういう態度なのよね。どうして、と考えこんでしまいます。……ああ、また始めちゃった！

ときどき、自分にはっきりと聞いてみます。あんたにはプライドってもんがないの？　こんなあつかいを受けても、まだ好きだなんて。

すると、もう一人のわたしが遠慮《えんりょ》がちに答えます。ないの、プライドなんて、これっぽっちもないの！

もうたくさんよね！　でも、とにかくわたしは無事に生きています。家の中では普通に、何事もなかったようにしています。あやしまれないように、いつもよりむしろ元気にしているぐらいです。

でも、父さんはときどきさぐるようにこっちを見ているし、この前なんて、わたしがとびっきり楽しそうにふるまっているとき、母さんが心配そうに聞きました。

「ブリットーマリ、どうかしたの、憂鬱《ゆううつ》そうだけど？」

どうも、自分で想像しているほど、女優の才能はないようです。それを聞いたわたしは、自分の部屋に飛びこみました。ちょっぴり泣くために。だって、何が耐《た》えられないって、だれかにかわいそうと思われるくらい、耐《た》えられないことはないもの。

さあ、もう、くどくどこぼすのはやめなくちゃ！

それにね、きのうは四月一日だったでしょ。ほかの姉弟が陽気にやっているのに、自分だけお葬式《そうしき》のときの牧師さんみたいに悲しそうにしてはいられませんでした。スバンテは、四月馬鹿《しがつばか》のいたずらをあれこれ考えるのに徹夜《てつや》したみたいなの。午前中は学校がなかったので、朝からもういたずらを始めていました。

家には電話が二台あるんだけど、一台は当然、父さんの書斎《しょさい》にあります。さて、朝の九時に、玄関《げんかん》のわきにあるもう一台の電話が鳴りだしました。マイケンが出ました。

すると、「もしもし」と、ひげを生やしていそうな、くぐもった男の声がいいました。「こちらは電信電話局です。電話の点検をしますので、受話器にむかって、『えー』といってみてください」

たぶん、マイケンはなんの日だか忘《わす》れていたのでしょう。まったくすなおにいいました。

「えー」

「もう少し大きく」電話局の男がいいました。

「えー！」マイケンは声を大きくしました。

「もっと大きく！」と、電話局。

「えー!!」マイケンはまるで、突撃《とつげき》、と軍隊にむかって号令をかけるみたいな声で叫《さけ》びました。

「けっこうです」電話局の男がいいました。「では、舌を出して！」

「なんですって？」マイケンはめんくらっていいました。「そんな馬鹿《ばか》な！」

すると相手はくすくすと笑って、スバンテのいたずらっぽい声に戻《もど》ると、いったのです。

「四月馬鹿《しがつばか》だよ、四月馬鹿《しがつばか》！」

マイケンはすっかり頭にきてしまい、復讐《ふくしゅう》を誓《ちか》いました。

それからまもなく、今度はわたしが復讐《ふくしゅう》を誓《ちか》う番になったのです。

わたしが午後学校から帰ってきて、おとなしく宿題をしていると、玄関《げんかん》のベルが鳴りました。ドアを開けてみると、フォルケという男の子が立っていました。フォルケ一家は、わたしの学校の校長先生と同じ建物《たてもの》に住んでいて、母親が頼《たの》まれて先生の家の掃除《そうじ》をしています。そのフォルケが、「ブリットーマリさん、すぐにルンド校長のところに来てください」といったのです。

わたしは、四月馬鹿《しがつばか》のいたずらかもしれないと思ったので、聞き返しました。

「どうして先生は、あんたをここへよこしたりしないで、電話をかけてくださらなかったのかしら？」

するとフォルケはいいました。

「先生んちの電話は、故障してるんです」

そこで、もちろんわたしは出かけていきました。道はぬかるんでべちょべちょだし、かなり距《きょ》離《り》もあります。歩きながら、校長先生に呼ばれるなんて、わたしはいったい何をしでかしたのかしら、と考えていました。

玄関《げんかん》のベルを鳴らすと、先生がご自分でドアをあけてくださいました。わたしは膝《ひざ》を曲げ、きちんとおじぎをしてから、たずねるような表情で先生を見ました。先生も、どうしたの、という顔でこっちを見ています。

「何かお話があるの、ブリット－マリ？」と、先生。

「先生のほうが何かお話があるんじゃ……」と、わたし。

「いいえ、何もありませんよ。でも、今日は四月一日だわね」といって、先生はにっこりされました。

「やったわね、スバンテ。捕《つか》まえたら見てらっしゃい……」わたしは心の中で誓《ちか》いました。だれのしわざかという点では、一瞬《いっしゅん》も迷いませんでした。ルンド先生には、つっかえつっかえ謝りました。

でも、結果としては、コーヒーとおいしいケーキをごちそうになって、とても楽しくすごしたのですから、四月馬鹿《しがつばか》のいたずらはぺちゃんこになったと思います。でも、むろん復讐《ふくしゅう》はしてやりますとも。

わたしは家に帰り、マイケンと額を寄せあったのですが、りこうな二人にも名案は浮《う》かびません。

ところが、うまいことが起こりました。夕食のあと、母さんがスバンテに、紫《むらさき》おばさんに本を届けてきて、といったのです。

紫《むらさき》おばさんは、とてもかわいらしくていい人なのですが、じつはうんざりするほどおしゃべりなのです。そしておばさんは、家族のアルバムを何冊も持っていて、だれかに見せたくてしかたないのです。わたしはもう二回も見せられたので、今ではおばさんの従兄のアルバートが死の床《とこ》についたのは虫垂炎《ちゅうすいえん》のせいだったし、クローラおばさんが急死したのはひどい肺炎《はいえん》のためだった、などとくわしく知っています。そして、クローラとアルバートの二人の写真だけでも何枚もあるうえに、それ以外におよそ九十五人の親戚《しんせき》があるのです。

スバンテがあれこれと文句を並べたすえに出かけていくと……というのも、スバンテは紫《むらさき》おばさんのおしゃべりをペストのように恐《おそ》れているのです……わたしの頭に天才的なひらめきが浮《う》かび、どうしたらいいか、ぱっとわかりました。わたしは電話に飛びつくと、おばさんにかけました。そして、「スバンテが本を持っておばさんちへむかっているところなんですが……」と話しはじめたのです。わたしは続けました。

「おばさんも、スバンテがどんなに内気だかごぞんじでしょう？　じつはスバンテは、おばさんにお願いしたいことがあるんです。でも、自分からはいい出せないようなんです」

「そうなの」おばさんはくっくっと笑いました。「スバンテのお願いって、何かしら?」

「それがね、おばさん。スバンテったら、わたしがおばさんのアルバムのことを何度も話したものだから、どうしても見たくなったんですって。でも、おばさんはきっとお忙《いそが》しくて、スバンテに見せてやってくださる時間はないでしょうね?」

「ありますとも! もちろん時間はありますよ」紫《むらさき》おばさんがいいました。「それは楽しみだこと」

「ありがとう、おばさん、やさしいんですね。もしもスバンテがはじめのうちことわっても、気になさらないでくださいね。遠慮《えんりょ》してるだけなんですから」わたしはいいました。

それから、わたしとマイケンは急いでマントを着こみました。

そのあとの一時間は、それはそれは楽しかったわ! 小さいころにはじめてサーカスに行ったとき以来の楽しさでした。悲しかったことも、すっかり忘《わす》れてしまいました。

紫《むらさき》おばさんは建物の一階に住んでいて、まだロールカーテンを下ろしていなかったので、われらが哀《あわ》れな犠牲者《ぎせいしゃ》のようすがばっちり見えました。スバンテは座って、体を前や後ろにねじっていはます。すぐそばに紫《むらさき》おばさんが座りこみ、五冊のアルバムをはじめから終わりまでめくって見せています。ときどきページをくる手がちょっと止まると、おばさんが親戚《しんせき》の中でも仲のいい人のことをえんえんと説明しているのだな、とわかりました。

たっぷり一時間はたってから、スバンテがよろめきながら出てきました。ドアのむこうでおばさんが、もしも従兄のアルバートがもう少し早く医者に行っていれば、今でもまだ生きていただろうにねえ、と話し続けているのが聞こえました。

スバンテがおばさんちから二十五メートルほど離《はな》れたところで、わたしとマイケンは駆《か》けよって、スバンテを両側からはさみました。

「ねえ、かわいいスバンテちゃん。あんたがおばさんのアルバムにあんなに興味があったなんて、知らなかったわ」マイケンがいいました。

「わたしのいとしい、かわいい弟ちゃん」わたしはハリエット・レーベニェルム（十九世紀のスウエーデンの作家）から引用して、勝手な節《ふし》をつけていいました。「すごいびんたで、したたかにたたきのめしてほしい？」

そしてわたしとマイケンは、スバンテの両腕《りょううで》を一本ずつ押さえこんだまま、家まで凱旋《がいせん》しました。スバンテは力のかぎりじたばたしていましたが、二人の雄々《おお》しい女どもにかかってはなんの役にもたちませんでした。

家に帰りつくと、わたしたちはスバンテを自分の部屋にひっぱっていき、服やら何やらがのっているベッドの上に突《つ》きたおし、やおら体の上に座りこむと、いってやりました。

「四月馬鹿《しがつばか》、四月馬鹿《しがつばか》！」

というわけで、わたしとマイケンの復讐《ふくしゅう》は成功したのです。

でも今日は四月二日で、今までよりいっそううっとうしい気分になってしまいました。わたしは苦しさのあまり、今までやったことのない、あることをしました。だれにもいわないって約束してくれたら、話すわ！

じつは、占《うらな》いのおばあさんのところへ行ったの。道が暗く、希望の星の輝《かがや》きがひとつも見えなくなると、人は明るさを求めて超自然的《ちょうしぜんてき》なものに走るのよ。

クレーサーチルダが、本当に超自然的《ちょうしぜんてき》な力を持っているだなんて、もちろん信じているわけじゃありません。クレーサーチルダはとてもありえないくらい不潔だとは思いますが、たぶん、それが唯一《ゆいいつ》超自然的《ちょうしぜんてき》なところでしょう。ところが、わたしはつい思ってしまったのです。運命が、クレーサーチルダの汚《よご》れたカードを使って、何か教えてくれるかもしれない、と。そこでアンナスティーナに、いっしょに行って、と頼《たの》んだのですが、うんといわせるのは、さほどむずかしくありませんでした。

クレーサーチルダは、町はずれの「どんぞこ」と呼ばれている地域の、小さな小さな崩《くず》れ落ちそうな家に住んでいます。「どんぞこ」はスラム街なんですが、ストックホルムの旧市街（中世の町並みを残す区域。観光地となっている）とはまた別の意味で、まったく絵のような眺《なが》めです。小さな家が肩《かた》を寄せあって立っているようす……もたれあっていないと、きっと倒《たお》れてしまうでしょう……は、芸術的といえます。

おわかりでしょうけど、ここに住んでいるのは、町のえらい人たちではありません。いかにもあやしげで、おもしろそうな人たちです。町の検事さんは、「どんぞこ」さえなければ警官なんてまったくいらないんだが、といっています。

あたりが暗くなり、街灯がともりだしたころ、わたしとアンナスティーナは、つまりこの「どんぞこ」へとむかったのです。ところが「どんぞこ」には街灯もないので、しだいに怖《こわ》くなってきました。わたしがマントの内ポケットをさぐって、お金がちゃんとあるかどうかたしかめていると、見ていたあやしげなおじさんが声をかけてきました。

「ノミでもいるのかい、お嬢《じょう》ちゃん」

アンナスティーナと二人で、クレーサーチルダの家の、かろうじてまっすぐ立てるくらい軒《のき》の低い玄関先《げんかんさき》に無事にたどりつき、ドアをノックしたときには、内心胸をなでおろしていました。でも、その直後に、クレーサーチルダが用心深くドアから顔をのぞかせると、ぎょっとしてのけぞってしまいました。

もしもカイサが正真正銘《しょうしんしょうめい》本物の占《うらな》いのおばあさんを見たいなら、クレーサーチルダをおすすめします！　曲がった腰《こし》、とがった鼻、むさ苦しくて不潔な服、そしてがらがら声……これがクレーサーチルダです。クレーサーチルダの持ち物は……クレーサーチルダにだって、多少の財産はあるのよ……三匹《びき》の黒ネコ、かまどの上のコーヒーポット、そしてテーブルの上の油で汚《よご》れたトランプ。このテーブルには、ほかにもコーヒーカップやビール瓶《びん》、ジャガイモの皮など、いろんなものがごちゃごちゃのっていました。

わたしが先に占《うらな》ってもらうことになりました。クレーサーチルダは、テーブルの端《はし》を片《かた》そででふいてきれいにすると、カードを星形に並べました。それから、まるでしかりつけるような、強い調子でいいました。

「ひよっこよ。おまえさんは、金持ちと結婚《けっこん》するだろう」

「あらまあ」と、わたしは思いました。「このおばあさんったら、わたしは胸が張《は》りさけて、花《はな》咲《さ》く若い身空で死んでいくことを知らないのね」

「おまえさんの家に、黒っぽい男がやってくるだろう」と、クレーサーチルダ。

「ビール運びのおじさんのことね」とわたしは思いましたが、なんにもいいませんでした。

それから、クレーサーチルダがいいました。

「おまえさんと恋人《こいびと》のあいだには、大きな誤解がある」

「どんな誤解ですか」わたしは叫《さけ》んでしまいました。「誤解って、どういうこと?」

「ひよっこよ」クレーサーチルダがふたたび鋭《するど》い声をあげたので、わたしは飛びあがってしまいました。

「今は何も聞くんじゃない！　しかるべきときが来れば、すべて解決するじゃろう」

そのあともクレーサーチルダは、水の上を渡《わた》ってくる手紙がどうとか、わたしが歩むことになるすばらしい道がこうとか、とくどくど話していましたが、わたしの頭はただ、「誤解」のことでいっぱいでした。

家に帰るあいだじゅう、そのことについてあれこれ考えていたので、アンナスティーナは、自分が地位の高い男と結婚《けっこん》するだろうといってもらったのに、わたしがいっしょに喜んでくれない、といって、本気で気を悪くしてしまいました。

誤解ですって……カイサは、そんなことありえると思う？

悩《なや》みつつ、すっかり悲嘆《ひたん》にくれているひよっこより

四月十七日

親愛なるカイサさま

春だ！　春だ！

人類にとって、これまで訪れた中でもっともすばらしい春だ、という気がしていますが、大げさにならないように、なんなら、ブリット－マリにとっては、としておきましょうか。

わたし、この前、胸が張《は》りさけて若くして死ぬだろう、なんていってたかしら？

大好きなカイサ、そんなの延期よ！　相当先まで延期！　わたしの胸は、こんな美しい季節に張《は》りさけるなんてまっぴら、といっています。どうして死んだりできるかしら？　窓の外のリンゴの木で、毎朝ムクドリが生きる喜びいっぱいにさえずり、スノードロップやクロッカスがお日さまの光を浴びてあちこちでつぼみをのぞかせている、こんなときに。

ええ、正直にいうと、すべてムクドリやクロッカスのおかげというわけじゃなく、ベルティルのことも、気持ちが明るくなった理由のひとつです。クレーサ－チルダのいったとおりでした。誤解だったのです。あるいは、ひどい悪意のせいだったというべきでしょう。聞いてくれる？

そう、きのうの夕暮《ゆうぐ》れ、わたしがちょうど、湖に飛びこむのと、極上のネコイラズを二百グラムほどあおるのと、どちらがいいかと悩《なや》むくらい、限界まで追いつめられていたときのことでした。スバンテがわたしの部屋に飛びこんできたのです。スバンテはぴょんぴょん飛びはねて、憤《ふん》慨《がい》のあまり歯ぎしりしりしていました。

「あの悪党、人でなし、恥知《はじ》らず！」

「だれのことよ？」わたしは聞きました。

「スティーグ・ヘニングソンだよ」と、スバンテ。

「どうしてなの、いったい、なぜ？」と、わたし。

そしてそのわけを聞いてみると……わたしの話を聞いたら、きっとカイサも鳥肌《とりはだ》が立ってしまうと思うわ。ほんとにわたしのこと、よくわかっててくれるから……。

スティーグ・ヘニングソンがベルティルに、わたしのことでひどい嘘《うそ》をいったの。覚えているでしょ、スティーグがわたしをだまして部屋に連れてあがったときのこと。スティーグはベルティルに、わたしが自分からスティーグの部屋へ行った、とか、わたしは信頼《しんらい》できない女だ、などといったのです。

ベルティルは、はじめは当然、スティーグのいうことなんか信用しなかったのですが、そのあとオーケが、わたしがスティーグの部屋から出てきたのをたしかに見た、といっちゃったらしいの。今こうして書いていても、まるで噴火《ふんか》直前のベスビアス火山（イタリアのナポリにある火山で、ヨーロッパでただひとつの活火山）みたいに、怒《いか》りが沸《わ》きあがってきます。人間がそんなに卑劣《ひれつ》になれるなんて、いまだに理解できません。

　このことをスバンテに話したのは、オーケです。かわいそうなオーケ。こんなことに巻《ま》きこまれるなんて、まったくついてないんだから。スバンテがあまりしゃべりたがらないので、わたしは脅《おど》しをかけ、さて、スバンテが知っていることをすべて吐《は》き出すと、わたしはまるで頭をこん棒《ぼう》でぶんなぐられたみたいに、動けなくなってしまいました。

　それから、少しずつ心が痛みはじめました。傷ついていました。ベルティルがわたしをそんな人間だと信じてしまった、ということに、心の底まで深く傷ついたのです。たしかめもせず、わたしと話すことさえしなかったなんて！

「どうして今まで、もっとホウレンソウを食べとかなかったんだろう」スバンテがいいました。「そうすりゃ、ポパイ（アメリカの漫画家シーガーの作品の主人公。ホウレンソウを食べることで、怪力を発揮する船乗り）みたいに強くなれたのに。ぼくじゃ、スティーグをのしてやりたくても、できないや」

　それから突然、スバンテは、今からベルティルのところへ行く、といいだしました。

「そんなことしなくていいわよ！」わたしは飛びあがり、叫《さけ》びました。だって、あまりつらかったから、こう考えていたのです。……わたしが、愛ゆえに若い身空で早すぎる死を迎《むか》え、青ざめて、美しく棺台《かんだい》の上に横たわってしまってから、ベルティルは真実を知ればいいんだって。

　ところがスバンテは、全然そんなふうには考えませんでした。帽子《ぼうし》をひっつかむと、春の夕暮《ゆうぐ》れの中、飛び出していきました。わたしが階段の上から、「やめて！」と、顔が青くなるほど叫《さけ》んでいるのに。

つまり、これがきのうの夕方起こったことなの。それから、アリーダのお気に入りの言葉である、「大変なドラマ」が展開されたのです。

ドラマの結末は、今から少し前、川の曲がったところにあるわたしとベルティルのベンチで、演じられました。でもそのときは、ドラマに悪党は登場せず、わたしたち二人だけでした。こんなぐあいだったのです。

きのうの夕方、スバンテがベルティルのところから戻ってからというもの、わたしは一日じゅうくどくどとスバンテに文句をいっていたのですが、今日はちょっと散歩に出ることにしたのです。ひとつには過敏《かびん》になっている気持ちを静めたかったのと、もうひとつには、そう、たぶんある人物に会えるんじゃないかと期待していたのでしょう。それに、空はまるで青リンゴのように青く、川のそばのヤナギは美しい晴れ着を着ていたからです。

そして、ベルティルに会いました。……あの、川が曲がっているところで。わたしを疑ったことを許してほしい、と頼《たの》んだときのベルティルほど痛々しいようすの人は、見たことがありません。スティーグからあんなことを聞かされたとき、誠実《せいじつ》さが何よりも大事だと思っているベルティルは、目の前が暗くなるほど絶望してしまった、ということでした。

でもわたしは、ベルティルの話をほとんど聞いていませんでした。心の中で歌いだすほどうれしかったから。たとえベルティルが、わたしのことをメッサリーナ（ローマ皇帝クローディアスの妃。ふしだらな生活をしたことで知られた）だとか、あるいはほかのどんな、堕落《だらく》して後ろ指を差されるような人だと信じてしまっていたとしても、許していたでしょう。

それからベルティルは、スティーグに会って話はつけた、といいました。そのときの表情からすると、その話しあいがスティーグにとって特別愉快《ゆかい》なものだったとは、思えませんでした。

それから、二人でベンチに座りました。一時間。二時間。ずっとしゃべっていたのですが、あらっ、何をしゃべったのかしら？

途中《とちゅう》で、スバンテがぶらぶら通りかかりました。口が耳までさけそうなくらいにやにやしながら。そしてスバンテは、帽子《ぼうし》を宙にほうりあげていいました。

「こんばんは！　今年もスモモがいっぱいなってるね！」

四月にスモモですって！　馬鹿《ばか》じゃない？　と思ったのですが、口には出しませんでした。そんなことといったらベルティルが、わたしのことを心やさしいお姉さんだとは信じてくれなくなる、と思ったので。本当はやさしいのにねえ。

スバンテが行ってしまうと、ベルティルは、「ぼくはエンジニアになろうと思ってるんだ」といって、大きな石を川にほうりました。自分の将来のことを話すのに、深い意味はないんだ、と強調するみたいに。

「そうなの。エンジニアって、本当にすばらしい仕事だと思うわ」と、わたしはいいました。

「だけど、なるまでに時間がかかるんだ」ベルティルがいいました。

「そうでしょうね。きっと長くかかるんでしょう」わたしはいいました。

そう口にしながら、どっとうれしい気持ちになりました。何年かかったって、わたしはちっともかまわないわ！　だって今じゃ、若い身空で死のうなんて気はなくなったので、何年だって、恐《おそ》ろしいほどたっぷり時間があるんですもの。ベルティルにしたって、同じことです。

今カイサが考えていること、わかるわ。「ブリット－マリったら、まったく馬鹿《ばか》ね。たった十五歳《さい》なのに、熱に浮《う》かされて、エンジニアになる男の子を待つなんていうんだから」って思ってるんでしょう？　子どもっぽいって考えているのでしょ、それはたしかに、否定はしません！

だけどここで、ふたつのことをいっておきたいの。まず、ベルティルはわたしに待っててくれとは頼《たの》まなかったということ、次に、わたしも待つとは約束していないことです。わたしたちは、身動きがとれなくなるような大げさな誓《ちか》いなど交わしていない、とはっきりいっておきます。

わたしはこれからたくさんの若者と出会うだろうし、ベルティルだって多くの女の子と出会う、ということも、もちろんよくわかっています。お互《たが》い、自分にとって一番ふさわしい人はだれか、はっきりするまではね。ある意味では悲しいことだけど、実際にいろんな人と出会うのでしょうし、そうやって決めるのが唯一《ゆいいつ》正しい方法なのだと、わかっています。

でも、それでも！　二人の人間が高校時代にもうお互《たが》い好きになり、その後、生涯《しょうがい》仲よくいっしょに暮《く》らしたという例は、ないものかしら？　やさしいカイサ、ようく考えて教えて、そんな話を聞いたことはない？　ごく身近な人の例である必要はないの。ひょっとして一九〇〇年代のはじめごろにでも、ノールボッテン（スウェーデン最北部の県）あたりにそんなカップルがいた、って聞いたことはないかしら？

それに、こんなに夢のように暖かく、心がとろけるような快い春の宵《よい》に、まだ十五歳《さい》の女の子が、いろいろ勝手なことを想像しちゃいけない、ってことはないでしょう？　夢を持つのは、若者のすばらしい特権のひとつじゃないかしら……？

もしかしたら、わたしの夢はかなわず、つらい人生になるのかもしれませんが、今の今は、そんなこと気になりません。だって今は、ねっ、カイサ、この今は、生きることが本当にすばらしいと思えるのですから。

窓の外は春の夕暮《ゆうぐ》れ。美しく、しみ入るような、青い、明るい春の宵《よい》です。エゾノウワミズザクラのつぼみがふくらんでいるし、リンゴの木は薄《うす》ピンクの花を咲《さ》かせようと待ちかまえているし、くんくんと鼻を動かしてみると、ほかにもさまざまな春の香《かお》りが強くただよっています。

家じゅうが眠《ねむ》っていますが、うれしいことにマイケンだけは、わたしの部屋のタイル貼《ば》りの暖《だん》炉《ろ》の前で暖まっています。このぼろ家には、まだ本当に暖かい春が訪れたわけではないのです。けれども、あらゆるものがとても静かで、おだやかで、とろけるように気持ちがいいのです。

カイサ、この世界に、匂《にお》いと色、形と音があるって、ほんとにすばらしい……そしてそのすべてを受けとめられる五感があるって、ほんとにすてきなことだって、考えたことなくて？　わたしは今宵《こよい》ほど、五感が鋭《するど》くなったことはない気がします。

春にはじめて咲《さ》いたミスミソウのやさしい匂《にお》い、お風呂《ふろ》から上がりたてのモニカの首筋のあまい匂《にお》い、おなかがすいているときに食べる焼きたてのパンの香《かお》り、クリスマスイブのモミの木の香《かお》りなど、いい匂《にお》いをすっかり集めて、雨が窓ガラスをたたく静かな秋の夜に暖炉《だんろ》で火がパチパチとはぜる音、悲しいときに頬《ほお》をそっとなでてくれる母さんの手のやさしさ、ベートーベンのメヌエットやシューベルトの『アベ・マリア』のメロディ、海のざわめく歌、星の輝《かがや》き、川のさらさら流れる音、そして夜いっしょに座っているときに聞く父さんのひかえめな冗談《じょうだん》などと混《ま》ぜあわせたら……そう、この世にあるすべての、心地《ここち》よくて、美しくて、楽しいことを少しずつ混《ま》ぜあわせることができたら、病院で麻酔剤《ますいざい》として使っている薬よりずっといいもの、人の苦しみや痛みをとりのぞく力のあるものができるんじゃないかしら？

わたしって、おかしいのかしら？　いいえ、カイサ、おかしいわけじゃないの。ただ、やたら馬鹿《ばか》みたいに、むしょうにうれしいの。ああ、すばらしい、すばらしい、すばらしい、生きているって！

一番絶望していたときには、どうせこの地球だってあと何兆年かしたら滅《ほろ》んでしまうのだから、わたしが十五歳《さい》のときにひと春心を痛めたとしても、そんなにたいした意味はないんだと思って、自分を慰《なぐさ》めていました。それに、どんなこともたいした意味はないんだ、と自分に思いこませようとしていました。けれど内心では、それはまちがいだ、とずっとわかっていました。

わたしの命が、荒《あ》れくるう時間という海の中の、ちっちゃな、ちっちゃな、一番ちっちゃなあぶくであるとしても、わたしが幸せで、誠実で、信頼《しんらい》できる人間であること、きちんと暮《く》らし、人生を愛していることは、いつまでも変わらず、大切なことなのです。

カイサもそう思わない？

「この今」を夢中で生きている友　ブリットーマリより

追伸《ついしん》：そうね、カイサ。今夜はまったく変だわ、許して。
追追伸《ついついしん》：絶対《ぜったい》に、どうかしてるわ！
追追追伸《ついついついしん》：家に帰る途中《とちゅう》で、スティーグ・ヘニングソンをちらっと見かけました。
派手《はで》な青あざができていて、とってもよく似合っていました。

訳者あとがき

『ブリット－マリはただいま幸せ』（原題：Britt-Mari lättar sitt hjärta　ブリット－マリは、ほっとする）は、アストリッド・リンドグレーンのデビュー作となった作品で、一九四五年に出版されました。

一九四四年九月、スウェーデンの出版社、ラーベン&ショーグレン社が募集《ぼしゅう》した、十歳《さい》から十五歳《さい》ぐらいの少女むけ懸賞《けんしょう》小説に、パートで働いてはいましたが、まだ普通の主婦だったアストリッドが応募《おうぼ》し、二等賞を取ったのです。当時アストリッドは、長女カーリンにせがまれて書いた『長くつ下のピッピ』を、大手の出版社に送っていて（数カ月後に送り返されてきたのですが）、その経験から書くことの楽しさを覚え、そのあいだに、『ブリット－マリはただいま幸せ』を書きあげたのです。ラーベン&ショーグレン社は、その後アストリッド・リンドグレーンの作品を次々に出版するなどして、今では大きくなっていますが、当時はまだできたばかりの出版社でした。

この賞をきっかけに、アストリッドは作家としてデビューしました。彼女《かのじょ》はその後、ニルス・ホルゲルション賞、ドイツ児童図書賞、国際アンデルセン賞など数多くの賞を受けましたが、この賞をもらったときほどわくわくしたことはなかったそうです。何年もあとになってから、アストリッド自身次のように書き記しています。

「一九四四年の秋の夜遅《おそ》くにかかってきた電話で、わたしの最初の本、『ブリット-マリはただいま幸せ』が賞を取ったとの知らせを受けたときほど、うれしい気持ちになったことはありません。そのときは、息子の部屋にとびこんで、おどろいている彼《かれ》の目の前で、黙《だま》って、すごい勢いで勝利のダンスを踊《おど》りました」と。

懸賞《けんしょう》小説の審査員《しんさいん》たちは、この作品の完成度の高さから、無名の作家ではなく、すでに成功している大人むけの作家が匿名《とくめい》で書いたのかと思ったそうです。ふたをあけてみると、三十七歳《さい》の普通の主婦であったことに、審査員《しんさいん》たちはおどろいたのですが、この普通の主婦が、その後数々のすばらしい作品を世に送り出し、世界中の子どもたちに愛されるばかりでなく、ラジオやテレビでも活躍《かつやく》し、出生率低下問題、動物虐待《どうぶつぎゃくたい》問題などの社会問題にもユーモアあふれる意見を発表するアストリッド・リンドグレーンになっていったのです。

わたしは、『ブリット-マリはただいま幸せ』を訳した直後、スウェーデンを訪れる機会があり、ストックホルム郊外《こうがい》のリーディング島にあるアストリッドの長女カーリンと、その夫カール・オロフ・ニーマンご夫妻の自宅に招かれました。ニーマン氏は現在サルトクローカン社という、リンドグレーンの読み物の権利をあつかうエージェントを、息子さんといっしょに切りまわしていらっしゃいます。カーリンさんは、女の子には社会的な慣習や道徳の上で制約の多かったあの時代に、また少女小説自体も型が決まりきっていたのに、この『ブリットｰマリはただいま幸せ』を書いたのは、えらかったと思う、今読み返してみても、型破りでおもしろいですものね、と改めてお母さんに思いをはせておられました。

アストリッドは、『ブリットｰマリはただいま幸せ』が受賞した翌年の一九四五年、同じ出版社が子どもむけの作品を懸賞募集《けんしょうぼしゅう》したとき、以前別の出版社から返されてきていた『長くつ下のピッピ』を手直しして応募《おうぼ》し、今度は一等賞に輝《かがや》きました。それが出版されると、あまりにも当時の児童文学の価値観からはみ出した作品だったため、国の内外でもいろんな議論が巻き起こり、いわゆる権威《けんい》のある人たちの批判的な意見も続出しました。けれども、「ピッピ」は成功をおさめました。

一九四六年、その出版社が少年むきの探偵《たんてい》小説の懸賞募集《けんしょうぼしゅう》をすると、アストリッドは、『名探偵《めいたんてい》カッレくん』で応募《おうぼ》し、一等賞をもう一人とわけあって受賞しました。その後も、物語を創り出して書くというよりは、自分の中にすでにある豊かな物語を紡《つむ》ぐだけで、作品を生み出せるかのような勢いで、作品を発表していきました。

もっとも、「カッレくん」の受賞以後、懸賞募集《けんしょうぼしゅう》に応募《おうぼ》することはなく、一九四六年からは、早朝から午前中を自分の作家活動にあて、午後の一時から五時までは自分の作品を出版しているラーベン＆ショーグレン社で児童書の編集長として活躍《かつやく》しました。作家と編集長という二足のわらじをはく生活は、一九七〇年まで続きました。その間《かん》にも、「ピッピ」の続編、「やかまし村」のシリーズ、『親指こぞうニルス・カールソン』、『ミオよわたしのミオ』、「エーミル」のシリーズ、『おもしろ荘《そう》の子どもたち』、「やねの上のカールソン」のシリーズ、「カッレくん」の続編、『さすらいの孤児《こじ》ラスムス』など代表作となる物語や、多数の絵本も活発に出版していきました。もちろん、編集長をやめてからも、『はるかな国の兄弟』、『川のほとりのおもしろ荘《そう》』、『山賊《さんぞく》のむすめローニャ』など大作を発表し、一九九二年に視力の低下が理由で断筆宣言するまで、作家活動を続けました。

　けれど、アストリッドは、二〇〇二年一月二十八日に、九十四歳《さい》で亡くなりました。故郷スモーランド地方のヴィンメルビィの教会では、追悼式典《ついとうしきてん》のあと、およそ千人もの人々が、たいまつを手に行列を作り、アストリッドの生家の「ネス」まで歩き、門のそばの「レモネードの木」のあたりの雪にたいまつを挿《さ》して、愛する彼女《かのじょ》をしのんだと、ヴィンメルビィに住む友人が知らせてくれました。

　三月八日のストックホルムの大教会で行われた葬儀《そうぎ》には、スウェーデン国王夫妻やヴィクトリア王女も出席され、赤いバラの花で飾《かざ》られた棺《ひつぎ》は、多くの人々に見送られ、二頭だて馬車で生地ヴィンメルビィまで運ばれ、両親の墓のそばで、彼女《かのじょ》は永遠の眠《ねむ》りにつきました。

　今回、わたしは、アストリッドが亡くなったあとにこのデビュー作を訳しはじめたので、まるで彼女《かのじょ》の人生を逆からたどっているような気持ちになり、また、一九九四年の九月にご自宅でお目にかかったときの、こちらを楽しい気持ちにしてくださるような、やさしい心づかいを思い出して、感慨深《かんがいぶか》いものがありました。

　この作品は、十五歳《さい》のブリット－マリという女の子が、カイサという女の子にあてて手紙を書くという形式で、読んでみると、まだ無名のアストリッドの初々しいともいえるような、これからの人生をどのように歩んでいきたいかというけなげな決心のようなものが感じられます。また、すでに、生きているのが好きで人生を肯定《こうてい》する、前むきで読めば元気が出るという、アストリッドの作品の核心《かくしん》にふれる資質《ししつ》がうかがえますし、審査員《しんさいん》が完成度が高いと評価したのもうなずけるできばえです。

作品の背景となる一九四〇年代というのは、時代を先取りしているような女の子でも、たいていは結婚《けっこん》して子どもの世話や家事をするだけ、という時代でしたが、アストリッドはちがいました。仕事を持ち、きちんと自立した人間になりたいという気持ちは、ブリット－マリによって、十月十九日の手紙で次のように綴《つづ》られています。

「……でも、その前にまず、勉強したいのです。何かの仕事がちゃんとできるようになりたいの。男性の付録としてだけでなく、自分自身にも多少の価値がある、きちんとした人間になれるように努力したいの。仕事につきたいと考えています……」

また、いつも弱い者の立場に立つアストリッドのやさしい気持ちは、のちの作品の随所《ずいしょ》に見られますが、すでにこの作品にも表れています。お金持ちの友人の家に招かれて、お手伝いさんたちにかしずかれるような生活をしていても、主人の側に立つよりは、お手伝いさんのほうに共感してしまうのです。大晦日《おおみそか》に書かれた手紙では、このようにいっています。

「……でも、もしもわたしがこの家の使用人だったら、きっとある朝、頭にきて爆発《ばくはつ》すると思うの。そして反旗をひるがえして屋敷《やしき》を占拠《せんきょ》し、インターナショナルを歌うでしょうよ」

この作品が書かれた当時は、第二次世界大戦中であり、スウェーデンは中立を宣言し、守りとおしたものの、スカンディナビアの兄弟国のデンマークやノルウェーがナチス・ドイツに占領《せんりょう》されていたため、政治的にも国民感情としてもけっして安らかなものではありませんでした。ブリットーマリは、ナチの迫害《はくがい》を受けたユダヤ人の難民の母子のつらさを思って、涙《なみだ》して書いています。

「カイサ、この先、すべての子どもが安心して暮らせるような世の中になっていくと思う？　みんなでそう願わなくてはならないし、そのために努力しなくては。そういう世の中にならないんなら、どうやってみんな生きていけばいいっていうの？」と。子どもが幸せに生きられる社会の実現は、アストリッドが生涯《しょうがい》にわたって願い続けたことでした。

ところでアストリッドは、自分がブリットーマリの年ごろには、彼女《かのじょ》ほど強くなく、むしろおくびょうだったので、ブリットーマリには強く、しっかりした女の子になってもらった、と述べています。自分は、手芸の時間に先輩《せんぱい》の一人が、親友のマディケンの悪口をいっていたのに、なにも反論できないような女の子だった、というのです。別の先輩《せんぱい》が、「ここにマディケンの親友がいるから、悪口はいわないほうがいいわ！」といったとき、「わたしはどんなに恥《は》ずかしかったことでしょう！」と回想しています。このことは、生涯《しょうがい》忘れることができなかったそうです。

また、アストリッドの作品には、いつも自然が美しく描かれています。『わたしのスモーランド』という写真集の中でも、子ども時代で思い出すことといえばやはり自然だ、といっていますが、この作品でも、最後の手紙に、自然への賛歌が綴《つづ》られています。「窓の外は春の夕暮れ。美しく、しみ入るような、青い、明るい春の宵《よい》です。エゾノウワミズザクラのつぼみがふくらんでいるし、リンゴの木は薄《うす》ピンクの花を咲《さ》かせようと待ちかまえているし……」と、こんなに美しい季節に落ちこんでいるのはまっぴらだと、自然の力がどんなに大きいかを語っています。

わたしが先日スウェーデンを訪れたときは、いわゆる「エゾノウワミズザクラとライラックのあいだ」といわれる、スウェーデンの一番美しい季節でした。ブリットｰマリが最後の手紙を書いた四月十七日よりは少しあとだったので、エゾノウワミズザクラはすでに咲《さ》きはじめて、あまい香《かお》りをあたりにただよわせていました。アストリッドやブリットｰマリでなくとも、生きている喜びを感じる美しさでした。大きく立派な木に小さな白い花がいっぱい咲《さ》いているのを見ると、そのひかえめだけれど圧倒的《あっとうてき》な美しさに見とれて、確かに勇気をもらえそうでした。

最後になりますが、ここ十年ぐらい、毎年ノーベル賞の受賞者が発表されるころになると、ある通信社から、「今年もアストリッド・リンドグレーンが文学賞の候補者に挙がっているので、受賞されたら、お祝いの言葉を書いてください」と依頼《いらい》されていたのですが、残念ながらとうとう受賞はありませんでした。受賞者を決めるスウェーデン・アカデミーから、一九七一年に、特別に金メダルを受け取ったからでしょうか。スウェーデンをはじめ多くの国の人々の、ノーベル賞を受賞してほしいという熱い願いはかなわなかったけれど、物語と絵本を合わせると、九十冊以上もの作品が、八十五の言語に訳されています。およそ一億三千万部にも及《およ》ぶ総発行数は、彼女《かのじょ》がいかに人々から愛されたかということの証《あかし》となるでしょう。ただ、本文の中で、弟のスバンテが、「……ブリットｰマリがノーベル文学賞を取ったらその賞金をどうしようかって、気になって眠《ねむ》れないんだ」というところでは、少し、胸が痛みましたが……。アストリッド自身はいつも、自分はたいしたことをしているわけじゃないわ、と淡々《たんたん》としていましたし、子どもたちが、作品を読んで、楽しんでくれることで、満足されていたことでしょう。

いつものことながら、編集部の上村令さんには、いろいろお世話になり、ありがとうございました。

末筆ながら、お礼を申し上げます。

二〇〇三年　初夏

石井登志子《いしいとしこ》

【訳者】
石井登志子（いしいとしこ）
1944年生まれ。同志社大学卒業。スウェーデンのルンド大学でスウェーデン語を学ぶ。訳書に『川のほとりのおもしろ荘』（岩波書店）『筋ジストロフィーとたたかうステファン』『いたずらアントンシリーズ』（以上偕成社）『おりこうなアニカ』（福音館書店）『リーサの庭の花まつり』（童話館出版）『花のうた』（文化出版局）『歌う木にさそわれて』『夕あかりの国』『よろこびの木』『雪の森のリサベット』『しりたがりやのちいさな魚のお話』『おひさまのたまご』『ラッセのにわで』『なきむしぼうや』『おひさまがおかのこどもたち』『こんにちは、長くつ下のピッピ』『ピッピ、南の島で大かつやく』『サクランボたちの幸せの丘』（以上徳間書店）など。

【ブリット－マリは ただいま幸せ】
BRITT-MARI LÄTTAR SITT HJÄRTA
アストリッド・リンドグレーン作
石井登志子訳 translation © 2003 Toshiko Ishii
200p、19cm NDC949

ブリット－マリは ただいま幸せ
2003年7月31日　初版発行
2017年7月１日　４刷発行
訳者：石井登志子
装丁：鈴木ひろみ
フォーマット：前田浩志・横濱順美

発行人：平野健一
発行所：株式会社 徳間書店
〒105-8055 東京都港区芝大門2-2-1
Tel.（048）451-5960（販売）（03）5403-4347（児童書編集） 振替00140-0-44392番
本文印刷：本郷印刷株式会社　カバー印刷：日経印刷株式会社
製本：大口製本印刷株式会社
Published by TOKUMA SHOTEN PUBLISHING CO., LTD., Tokyo, Japan.　Printed in Japan.
徳間書店の子どもの本のホームページ　http://www.tokuma.jp/kodomonohon/

ISBN978-4-19-861713-4

リンドグレーンの本 石井登志子 訳

こんにちは、長くつ下のピッピ

おとなりに世界一強い女の子、ピッピがひっこしてきた！ リンドグレーンが、ピッピのお話を小さな子にも楽しんでほしいと文章を書き下ろした絵本。スウェーデンでは、ピッピといえば思い浮かぶのはこのイングリッド・ニイマンの絵。オリジナルのピッピに出会ってみませんか?

（5歳～）

Illustrations © Ingrid Vang Nyman 1947

ピッピ、南の島で大かつやく

世界一強い女の子ピッピが、こんどは南の島で大かつやく！ 真珠どろぼうをやっつけたり、人食いザメをおっぱらったり、島の子どもたちと泳いだり、毎日、楽しいことばかり！ イングリッド・ニイマンの絵によるピッピの絵本、第二弾。元気いっぱいの楽しい絵本です。（5歳～）

Astrid Lindgren 徳間書店の

サクランボたちの幸せの丘

田舎の農場に引っ越した、16歳の双子の女の子バーブロとシャスティン。二人は、農作業に取り組んだり、近隣の同年代の仲間たちとハイキングや釣りやパーティに行ったり、夏至祭りを楽しんだり…。やがて二人には、それぞれ好きな人ができますが…？　リンドグレーンの代表作「やかまし村」シリーズを彷彿とさせる、生き生きと楽しい少女小説！（十代〜）

夕あかりの国

Illustration © Marit Törnqvist 1994

病気で歩けなくなったぼくのところへ、小さな不思議なおじさんがやってきて言った。「夕あかりの国へ行きたくないかね」ぼくたちは空を飛んで不思議な世界へ…。人気画家マリット・テルンクヴィストの絵で贈る、心癒される美しい絵本。（5歳〜）